台灣作家全集

1 豐富的內容

涵蓋1920年到1990年代的台灣重要文學作家的短篇小說以作家個人爲單位，一人以一册爲原則。

縫合戰前與戰後的歷史斷層，有系統地呈現台灣文學的風貌。

2 珍貴的圖片

台灣文學作家的精彩寫眞，首次全面展現，讓我們不但欣賞小說，也可以一睹作家眞跡。

榮譽出版發行／
前衛出版社

鍾鐵民集

台灣作家全集
短篇小說卷

出版說明

《臺灣作家全集》是臺灣新文學運動以來最有意義的選輯，也是臺灣文學出版上最具示範的創舉。全集係以短篇小說爲主體，以作家個人爲單位，涵蓋一九二〇年至九〇年代的重要作家，縫合戰前與戰後的歷史斷層，有系統地呈現了現代文學史上臺灣作家的精神面貌。

在內容上，包括日據時代，由張恆豪編輯；戰後第一代，由彭瑞金編選；戰後第二代，由林瑞明、陳萬益編選；戰後第三代，由施淑、高天生編選。全集計劃出版五十冊，後每隔三年或五年，續有增編，一人以一冊爲原則，戰前部分則因篇幅不足，有二人或三人合爲一集。

在體例上，每冊前由召集人鍾肇政撰述總序（文長兩萬字，首冊爲全文，其它則爲濃縮），精扼鈎畫出臺灣新文學發展的歷程、脈絡與精神；並由各集編選人執筆序言，簡要介紹作家生平及作品特色；正文之後，則附有研析性質的作家論，及作家生平寫作年表、小說評論引得，期能提供讀者參考。臺灣面臨歷史的轉捩點，瞻前顧往之際，本社誠摯希望能對臺灣文學的出版、推廣、教育及研究上有所貢獻。

台灣作家全集

短篇小說卷

一九六九年，返鄉任教職，上班要登山涉水。

一九七五年，與文友黃文相攝於笠山前。

一九四一年，彌月時與父母。

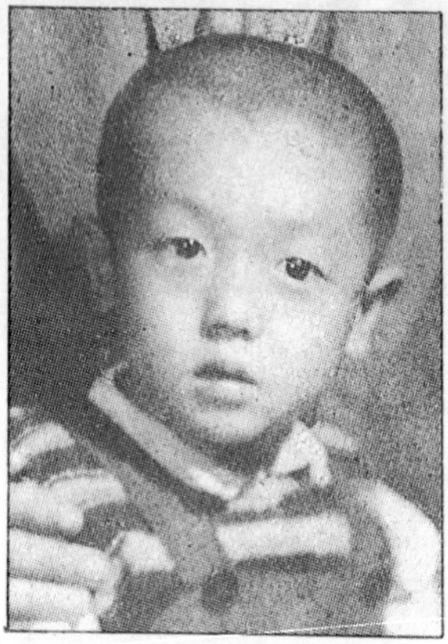

一九四五年，童年生活在北京。

一九八八年與畫家曾培堯攝於西子灣

一九八〇年與洪醒夫伉儷攝於笠山鍾理和紀念館工地前

一九八八年與家人攝於台中科學館前

一九九〇年七月卅日在洛杉磯
參加「台灣文化之夜」接受頒獎

一九八九年吳濁流文學獎
評審會後衆人合影。
前排左起：鍾肇政、吳萬鑫
、陳千武、白萩
後排左起：葉石濤：鍾鐵民
、李喬、鄭烱明
、李敏勇及其妻
蘇麗明

一九九〇年七月，與曾貴海夫婦同遊美國，參加「台灣文學研究會」討論會

八月禾蝦香

鍾鐵民

禾蝦寄居在結穗的水稻莖葉間，平時絕對看不到，一定要到割禾時節，才能把牠們從稻海中逼出來。我們稱牠作「禾蝦」，實際上牠屬於蝗虫類，只是不像草蜢那么粗壯，牠的身驅細長柔軟，像鉛筆桿粗細而略扁，兩寸多長。翅膀翠綠得發亮，偶而也有如枯葉般灰褐顏色的。

農諺有「七月半禾打斂，八月半禾變飯」的說法。中秋節後二季水稻成熟收割，正是禾蝦最肥美的時候，牠們吸食米漿把肚子吃得漲漲圓圓，當割禾的行列一步步逼迫，牠們就一步步連爬帶跳的後逃，孩子們一面撿拾穀串，

鍾鐵民手跡

一九九〇年與母親及吳錦發夫婦攝於庭前

召集人／鍾肇政
編輯委員／張恆豪（負責日據時代作家作品編選）
彭瑞金（負責戰後第一代作家作品編選）
林瑞明（負責戰後第二代作家作品編選）
陳萬益（負責戰後第二代作家作品編選）
施　淑（負責戰後第三代作家作品編選）
高天生（負責戰後第三代作家作品編選）
資料蒐訂／許素蘭、方美芬
編輯顧問／
（臺灣地區）：張錦郎、葉石濤、鄭清文、秦賢次
宋澤萊
（美國地區）：林衡哲、陳芳明、胡敏雄、張富美
（日本地區）：張良澤、松永正義、若林正丈、
岡崎郁子、塚本照和、下村作次郎
（大陸地區）：潘亞暾、張超
（加拿大地區）：東方白
（歐洲地區）：馬漢茂
美術策劃／曾堯生

台灣作家全集

短篇小說卷

緒言

鍾肇政

時代的巨輪轟然輾過了八十年代，迎來了嶄新的另一個年代——九十年代。發軔於二十年代的台灣文學，至此也在時代潮流的沖激下，進入了一個極可能不同於以往的文學年代。

然則這九十年代的台灣文學，究竟會是怎樣的一種文學？在試圖回答這個問題之前，我們似乎更應該先問問：台灣文學又是怎樣一種文學？

曰：台灣文學是台灣本土的文學、台灣人的文學。

曰：台灣文學是世界文學的一支。

倘就歷史層面予以考察，則台灣文學是「後進」的文學：比諸先進國的文學，即使是近鄰如日本，她的萌芽時期亦屬瞠乎其後，比諸中國五四後之有新文學，亦略遲數年。

只因是後進的，故而自然而然承襲了先進的餘緒，歐美諸國文學的影響固毋論矣，即日本文學、中國文學等也給她帶來了諸多影響。易言之，先天上她就具備了多種特色集於一身，因而可能成爲人類文學裏新穎而富特色的一支——當然這種說法恐難免落入過分單純化機械化的發展論，未必完全接近實際情形。事實上，一種藝術的發芽與成長，土地本身的人文條件與夫時代社經政治等的變易更動，在在可能促進或阻礙她的發展。證諸七十年來台灣文學的成長過程，堪稱充滿血淚，一路在荊棘與險阻的路途上蹣跚而行，備嘗艱辛。

職是之故，若就其內涵以言，台灣文學是血淚的文學，是民族掙扎的文學。四百年台灣史，是台灣居民被迫虐的歷史。隨著不同的統治者不同的統治，歷史上每一個不同階段雖然也都有過不同的社會樣相與居民的不同生活情形，而統治者之剝削欺凌則始終如一。七十年台灣文學發展軌跡，時間上雖然不算多麼長，展現出來的自然也不外是被迫虐被欺凌者的心靈呼喊之連續。

台灣文學創建伊始之際，我們看到台灣文學之父賴和以文學做爲抗爭手段之一的筆跡。他反抗日閥強權，他也向台灣人民的落伍、封建、愚昧宣戰。他身體力行，諸凡當時的抗日社團如文化協會、民衆黨和其後的新文協等，以及它們的種種活動，他幾乎是每役必與，並驅其如椽之筆發而爲〈一桿稱子〉、〈不如意的過年〉、〈善訟的人的故事〉等小說與〈覺悟下的犧牲〉、〈南國哀歌〉等詩篇，爲台灣文學開創了一片天空，樹立了不朽典範。

中期，我們又有幸目睹了台灣文學巨人吳濁流之出現。第二次世界大戰進入最慘烈階段之際，在日本憲警虎視眈眈下，吳氏冒死寫下《亞細亞的孤兒》，戰後更在外來政權戒嚴體制的獨裁統治下，他復以《無花果》、《台灣連翹》等長篇突破了統治者最大的禁忌。他不但爲台灣文學建構了巍峨高峰，還創辦《台灣文藝》雜誌，創設台灣第一個文學獎「吳濁流文學獎」，培養、獎掖後進，傾注了其後半生心血，成爲台灣文學的中流砥柱。

七十星霜的台灣文學史上，傑出作家爲數不少，尤其在時代的轉折點上，每見引領風騷的人物出現，各各留下可觀作品。此處暫不擬再列舉大名，但我們都知道，在統治者鐵蹄下，其中尙不乏以筆賈禍而身繫囹圄，備嘗鐵窗之苦者，甚或在二二八悲劇裏飲恨以終者。以所驅用的文學工具言，有台灣話文、白話文、日文、中文等等不一而足，蔚爲世界文壇上罕見奇觀，此殆亦爲台灣文學之一特色。日據時，曾有「外地文學」之稱，輓近亦有人以「邊疆文學」視之，唯她旣立足本土，不論使用工具爲何，其爲台灣文學則無庸否定，且始終如一。

不錯，七十年來她的轉折多矣。其中還甚至有兩度陷入完全斷絕的眞空期，其一爲戰爭末期所謂「決戰下的台灣文學」乃至「皇民文學」的年代，以及戰後二二八之後迄國府遷台實施恐怖統治、必需俟「戰後第一代」作家掙扎著試圖以「中文」驅筆創作、接續斷層爲止的年代。一言以蔽之，台灣文學本身的步履一直都是顚躓的、蹣跚的。到了七十年代，鄉土之呼聲漸起，雖有鄉土文學論戰的壓抑，反倒造成台灣文學的欣欣向榮，入了八十年代，鄉土文學不僅成爲文壇主流，益以美麗島軍法大審之激盪，衝破文學禁忌成了不可遏止之勢，於是有覺醒後之政治文學大批出籠，使台灣文學的風貌又有了一變。

八十年代已矣。在年代與年代接續更替之際，正如若干年來每屆歲尾年始，報章上總會出現不少檢討與前瞻的論評文學，也一如往例悲觀與樂觀並陳，絕望與期許互見。有一明顯的跡象是嚴肅的台灣文學，讀者一直都極少極少，在八十年代末期的消費社會、資訊多元化社會以及功利主義社會裏，文學的商品化及大衆化傾向已是莫之能禦的趨勢，於是當市場裏正如某些論者所指摘，充斥著通俗文學、輕薄文學一類作品，純正的文學乃又一次陷入危殆裏。

然而我們也欣幸地看到，八十年代末尾的一九八九年裏民主潮流驟起，舉世爲之震動。繼六四天安門事件被血腥彈壓之後，卻有東歐的改革之風席捲諸多社會主義共產國家，連蘇聯竟也大地撼動，專制統治漸見趨於鬆動的跡象。（草此文之際，世人均看到蘇俄首任總統終告產生。）這該也是樂觀論者之所以樂觀之憑藉吧。

不錯，新的人類世界確已隨九十年代以俱來。即令不是樂觀者，不免也會睜大眼睛看著世局之演變並對它有所期待才是。而九十年代台灣文學，自然也已是呼之欲出！君不見繼八九年年尾大選、國民黨挫敗之後，台灣的民主又向前跨了一步，即令有第八任總統選舉的權力鬥爭以及國大代表之挾選票以自重、肆意敲詐勒索等醜劇相繼上演於國人眼睜睜的視野裏，但其爲獨大而專權了數十年之久的國民黨眞正改革前的垂死掙扎，彰彰在吾人耳目。

在九十年代台灣文學即將展現於二千萬國人眼前之際，《台灣作家全集》（以下稱「本全集」）的問世是有其重大意義的。過去我們已看到幾種類似的集體展示，計有《日據下台灣新文學》（明集，共五卷，明潭出版社，一九七九年三月）、《光復前台灣文學全集》（八卷，後再追加四卷，遠景出版社，一九七九年七月）、《本省籍作家作品選集》（十卷，文壇社，一九六五年十月）、《台灣省青年文學叢書》（十卷，幼獅書店，一九六五年十月）等四種。無獨有偶，前兩者均爲戰前台灣文學，後兩者則爲清一色戰後台灣作家作品。而其中，除最後一種爲個人結集之外，餘皆爲多人合集。値得一提的是後兩者出版時，白色恐怖仍在餘燼未熄之際，前兩者則是鄉土文學論戰戰火甫戢、鄉土文學普遍受到肯定之後，因此可以說各盡了其時代使命。

本全集可以說是集以上四種叢書之大成者。其一，是時間上貫穿台灣新文學發軔到輓近的全局；其二，是選有代表性作家，每家一卷，因而總數達數十卷之鉅，堪稱自有台灣新文學以來之創舉。是對血漬斑斑的台灣文學之路途上，披荆斬棘，蹣跚走過的前輩們，以及現今仍在孜孜矻矻舉其沉重步伐奮勇前進的當代作家們之獻禮，也是對關心本土文學發展的廣大海內外讀者們的最大禮物。

（註：本文爲《台灣作家全集》〈總序〉的緒言，全文請看《賴和集》和《別冊》。）

目錄

紮根泥土掌握人性

——鍾鐵民集序

林瑞明

鍾鐵民，一九四一年生於瀋陽，作家鍾理和之長子。出生不久即隨父母遷居北平，一九四六年全家遷回台灣，一九四七年遷回高雄縣美濃鎮尖山農場定居。美濃客家聚落是鍾理和、鍾鐵民父子兩代創作的重要場景。鍾理和一生辛苦寫作，生前並未獲得應有的評價。一九六〇年彌留之際，對鍾鐵民留下遺言：「吾死後，務將所存遺稿付之一炬，吾家後人不得再有從事文學者；《笠山農場》不見問世，死而有憾。」幸而鍾鐵民未遵行遺言，一九七六年由張良澤負責編輯、出版了《鍾理和全集》八卷，爲台灣文學留下了寶貴的資產，而鍾鐵民也在艱苦困頓中寫作不斷，成爲承先啓後的重要作家之一。

鍾鐵民成爲一個作家，其心路歷程比常人艱苦。首先必須面對九歲時即罹患的脊椎結核，嚴重時得以兩手撐腰下盤骨始能行走，後雖稍復，但外形已變成駝背；脊椎結核的毛病斷斷續續困擾著他，導致求學過程增添了很大的阻礙。一九六三年九月考取師範大學夜間部國文系，仍須教育部專案核准，始得註册爲正式學生。半工半讀，終於完成學業。自小對人生苦痛有其椎心刺骨的體認，這使得他的創作，對於人生、人性充滿了深刻的同情。其次，他的父親鍾理和嘔心瀝血而無固定收入的作家生涯，亦給他極爲強烈的感受。一般說來鍾理和的作品除了表現農村的生活，亦帶有相當鮮明的自傳色彩，讀其作品〈同姓之婚〉、〈奔逃〉、〈貧賤夫妻〉、〈復活〉、〈野茫茫〉……等短篇小說，除了藝術的成就之外，我們亦透過內容理解鍾理和與鍾台妹的戀愛、同姓之婚以及在舊禮教下備受歧視而相濡以沫的動人經歷。作爲鍾理和的兒子，鍾鐵民的作品，幾乎沒有描寫個人的經歷、病痛，他隱藏住自己，不因身體的殘疾而自憐自艾，反而以寫實精神寫下了農村的形形色色。這些作品絕大部分都是取材於他身邊所熟稔的人事物，農村世界成爲他取之不盡的豐富礦脈。另外，鍾理和身體虛弱卻又「著魔」似地寫作，則使鍾鐵民記取教訓，選擇以教書爲業。在課餘的時間寫作，因之作品的量相對減少，某一意義而言，這是鍾鐵民的宿命。然而也因爲鍾鐵民是個專業的高中教師，他關注年輕子弟的教育問題，也寫出了一系列反映農村學生在升學壓力下何去何從的小說，從而探討農村命運的去向。

鍾鐵民發表的第一篇作品，是在其父鍾理和病逝隔年所發表的短文〈蒔田〉，平鋪直敍，但方言的使用，使文章增加了特色。雖然其父不希望他走上寫作之路，但鍾鐵民還是上路了。一九六二年發表的〈帳內人〉，掌握了夫妻間微妙的愛、恨心理。已經形同寃家分房而睡的夫妻，在丈夫病倒的時刻，農事正忙之際，妻子仍瞞著在農田工作的家人，回來爲丈夫倒水、遞毛巾、擦澡，從原先的憎恨，隨動作的進行，而逐漸溶解爲諒解，但全文無一字著筆於愛，有著非常高明的心理描寫，應用諺語「半斤黃蔴不當四兩苧，半斤兒子不當四兩夫」，則點活了題旨；〈夜歸人〉，描寫了贅婿的艱難處境，「婚後他並無他心，女人也相當溫順，但是他漸漸發覺到女人的母親對他存有戒心。聽說很多贅婿在婚後拐了女人也拐了錢財，他跟女人越親蜜就越使丈母娘害怕。結果他的身分不是主人，恰如長工。」以致落魄疲憊的男人只好外出打工，出去就是個把月，回家則要偷偷摸摸，全文著重刻畫夫妻兩人的心理，愛之中籠罩著陰影。從這類作品中，可以看出鍾鐵民對於人性有深入的掌握，這種力道，使他描寫鄉村卑微的人物，如〈竹叢下的人家〉、〈阿憨伯〉、〈送行的人〉、〈石罅中的小花〉除了以農村景物的描寫做爲舞台，剖析人性更是重要的主題。〈竹叢下的人家〉，阿乾叔的懶是因爲喪失了生命力，「年輕時他原是個篤實認眞的工人，帶著工作班子到處包攬工作。」，小說中沒有描寫阿乾叔爲什麼懶了下來，然而經由阿乾叔的懶，寫活了帶給全家人的厄運；〈阿憨伯〉則描繪出鄉下農民的憨厚，形構了鄉下人的素民圖，洋溢著溫暖的氣息；〈送行的人〉則表現了對於受虐自殺的媳婦之同情，側面批評了農村的陋習，如重男輕女、父權至上、無稽迷信……，農村裏也有如老新丁那樣的惡魔！〈石罅中的小花〉則寫活了前娘子與後娘的恨與和解，另一支線則是男主角與鄰居養女「兩個孤獨寂寞的孩子，很快就結成朋友，他們彼此相戀著」，男主角離家出走五、六年之後歸來，養女雖已另婚，有了孩子，但仍有關懷之情。在平淡的結尾中，鍾鐵民展現了寫「情」的細膩、感人。〈菸田〉，一則寫情，一則對於被稱爲「寃業」的菸業也有深刻的描寫，比較突兀的轉折，原本好吃懶作的哥哥被弟弟教訓，打了一架之後，態度完全改觀，就全文的結構而言，缺乏足夠的說服力，因而相對遜色不少。

鍾鐵民在前一系列作品之後，封筆數年又復出文壇，就是一系列關心教育問題的小說〈秋意〉、〈河鯉〉、〈余忠雄的春天〉以及關心農村青年出路的〈田園之夏〉。在這一系列的作品中，對於升學主義有深刻的針砭，並檢討了教師在升學至上的壓力下給予學生的壓迫與挫折，所幸在〈田園之夏〉退伍歸來的農村青年古進文即使農情不穩，但仍努力耕作，與松英的婚事，雖然女方家庭仍有意見，但他們的戀將使他們定居農村，開拓出新局面。鍾鐵民在〈田園之夏〉表現出對於農村的命運仍懷抱著希望。

鍾鐵民二十多年來的寫作生涯中，以農村生活爲素材，寫出了相當多富有特色的作品，其中最別出心裁的當屬一九八二年四月發表於《文學界》第二集的〈約克夏的黃昏〉，以一頭種豬的自白，寫活了約克夏種豬的興衰史，「我輩子孫昌盛，固然是我輩運氣，爲整個農村帶來歡樂與希望更是我們的驕傲」，然而由於外銷突然停掉了，養豬成了賠本生意，再加上企業化經營，業餘的農戶只有慘敗下來，「我輩」約克夏種豬，也就風光不再了。全文以諧謔的語氣，一路道來，也刻畫了農村的生活樣貌，側面批評了農業缺乏一貫的政策。這是一篇笑中帶淚的作品，技巧純熟，內容豐富，是鍾鐵民農村生活經驗的代表作。發表之後隨即得到廣泛的喝采，並以此作得第一屆洪醒夫小說獎。一九八三年，又以〈大姨〉一作得吳濁流文學獎。

鍾鐵民結集出版的作品，依序是《石罅中的小花》（幼獅，一九六五年十月）、《菸田》（大江，一九六八年五月）、《雨後》（省新聞處，一九七二年六月，長篇小說）、《余忠雄的春天》（東大，一九八〇年十月）……等書。

帳内人

從窗隔間射進來的陽光，已經移得快跟窗櫺平行了；隔壁廳堂裏的掛鐘淸脆地敲了十二下。偌大的一個家怎麼沉寂得那麼怕人呢？就只有時鐘的嘀嗒聲，偶爾馬路上也響過牛車的隆隆聲或路人的一、二句閒談；但是，這些聽起來卻又是那麼的遙遠、那麼的神秘。

他眼睜睜地躺在床上，嘴裏又乾又澀，叫過幾次水都沒有人理他，幾個小鬼不知道又野到哪兒去了。他提高了聲音再叫了一次，火雞從豬欄那邊回答了他一連串的嘓咯嘓咯……。

他歎了口氣，懊惱地移了移身子，一陣痛苦的表情爬上他的臉，他咬緊牙關，一面心裏恨恨的。都是那該死的野狗，爲了避開牠，把自己的卡車往邊上靠，結果那大樹……。

唉！他又歎氣了。從懂事以來，連稍大一點的病都沒有害過，沒想到終於有在床上受困的日子。平日裏事事稱心，受著父母疼愛，受著弟弟弟媳的尊敬，但是現在口渴卻得不到一口水潤喉嚨，有什麼用處呢？太太？唉！還是少提的好，還不是有等於無？眞是冤孽。

他閉上眼聆聽著外面的聲音生氣。忽然他感到房子一亮，像是有人輕輕地走過來。他趕忙地向門口看去，很快地又別開了臉。

是她！竟然是她！這個時候她回家來幹什麼？回來看這冤仇人的狼狽相？這一下她可以高興了！

但是她——他的妻子——卻一聲不響地把一個玻璃杯擱在他床頭的小茶几上，帶上門，又悄悄出去了。

嚇！原來是想藉這個機會賣殷勤。他感到一陣噁心。閉緊了嘴巴，心中恨恨的。偏不喝妳的，別想這樣籠絡我。他坦然地躺著，故意地不看向小桌。但是隨即他又想：喝下去也不見得就算妥協，怕她什麼？於是他端起茶杯，大口大口喝了一個痛快，然後舒適地歎歎氣躺了回去。

他有點爲自己的誤會感到難爲情。人家不過順手給你一杯茶，你卻小器的不能接受。甚至還誤解人家的好意呢！是順手，當然不會特地來看我的。不過，即使是順手，也虧她想得到。他想著想著，對她也就有一種感激的心情。

其實她不是可以大大爲我的受傷而高興嗎？我是那樣地對付她，甚至用扁擔把她打個半死。

但昨天出院回來，似乎她眼睛有點腫腫的，眞不敢相信她還會爲我難過，我死掉她不更好嗎？至少她少了一個糟蹋她的人，而且她有兒子可倚靠，也沒有什麼站不住的。可是她顯然流過淚，只是自己硬著心腸不去看她。想起來也眞可憐……

慢著！他忽然對自己暗叫：啊！你已經上當了。只不過順手的一杯茶，你就對她感到慚愧、感到歉疚，這不是正上了她的當嗎？全都是躺著太寂寞的關係！他告訴自己。

於是他開始想她的壞處，以加強對她的憎恨，想打消心頭剛萌芽的感情。這樣太不夠男子氣了！他想。

她被父母所厭惡，她跟妯娌結下冤仇，孩子們也不喜歡她；還有……還有我，她常常跟我吵架。他一件件地數著，卻又覺得這些理由並不足使他感到十分憎恨。唔！她有狐臭。但這也不足構成理由呀！當初他跟她認識時，每次聞到她的體味都感到莫名的興奮，使他想入非非。怎麼會想到這點呢？他對自己苦笑了。那該是她的母親——他的丈母娘使然的。

他的丈母娘曾在一間雜貨店當著十多個人的面，數說他和他的家人虐待她女兒，更強調說：「我的女兒是瞎了眼睛，才會撿上你。」

是的，就這樣他一恨便跟妻子分房。除開一個兒子外她完全孤立，算來已經兩年了。

是她瞎了眼呢？還是我瞎了眼？他想：當年並不時興戀愛，當他提出結婚的事時，家裏長輩都反對，說她太精明，太強硬，也太愛說話，此外還有一股舉村皆知的狐臭。但是那時什麼蒙住我的心呢？我竟然認爲精明強硬才能給我開導，遺傳給孩子優良的因子；喜歡說話更好，婚後卿卿我我何等情愛？至於狐臭，這是另一種的風韻，豈容他人分享？

唉！誰想到會在這上頭吃足了苦頭呢？先跟妯娌不和，又使父母厭恨，最後連我也不賣帳，逼得我跟父母弟媳們站在同一條陣線上，想盡了辦法對付她，一心想要趕走她，甚至磨死她。可是她強硬，抵死也不走，更沒有妥協的意思。想起他給過她的許多折磨，心裏不無歉意。

門又開了，她端著一個鋁盤進來，鋁盤上擺著幾樣新鮮的菜和一大碗冒著煙的稀飯。看來她確然不是順手替他做的了。奇怪的是自己並沒有不領情的意思。他默默地對著她凝望著，她走近他床前，也看他一眼，那眼光是冷冷淡淡的，連一點表情也看不出來。把托盤放在茶几上，又輕輕地走了出去。

他感到有些悵然，又有如釋重負似的吁口氣，捧起碗來才發覺自己非常飢餓了。

她進來，把一個小茶壺放在茶几上，收拾起餐具轉身又要離去，他驚奇地聽到自己的聲音在問她：

「喂！妳怎麼會想到回家看我的呢？」

她回頭朝他望了一眼，嘴唇蠕動了一下，翻頭卻又走了。

這女人，這臭女人！他又悔又恨，感到自尊心被撕得粉粹了。她一定會以爲我在向她求和呢！多可惡！

老實說，當家人合起來爲難她的時候，他也感到不忍，有時想試著開導她，但是她理也不理，就好像下定了決心不妥協一樣。逼得他非使出男子氣揍她一頓不可。

門呀然一聲，進來的是二弟媳與三弟媳。

「阿哥，今天好一點沒有？」兩個人渾身出汗溼透，不住地搧著草笠，一面關切地問。

「今天爽快多了，田裏做得怎麼啦？」他愉快地問。

「番薯全部犂完，整整五牛車哩！」三弟媳說：「再兩天番豆可以拔完，只等二哥開犂。你放心養病吧！」

「呼！熱死人啦！」二弟媳拚命搖著草笠，兩個人說著也就走出去了。人影閃動，又走進母親和大弟媳。

「還那麼痛嗎？」母親坐在床沿關心地輕問。

「右腿還有點痛，其他的倒感覺不出來了。」

「那就很好。他們說車子不太壞，要幾千元修理。你弟弟早上去察看了。」母親說著提了提几上的茶壺又放了回去：「姓邱的助手傷很輕，今天已經出來走動了。」

他莫可奈何地苦笑了聲，然後淡淡的問：

「今天犂番薯嗎？」

「唉！還說呢！我不知道你前生做過什麼孽，偏偏看上她。」母親忿忿地說：「眞要氣死我啦！」

「番薯犂完了，但她只揀了半個早上，就不知道跑到那裏去。」大弟媳補充地說。

這個「她」字說得很重，他知道是指他的妻子。他笑笑沒說什麼，心裏想：如果她們知道她是回來看他，而且他居然會找她說話，她們不知道會多麼驚奇呢！想著想著禁不住咯咯笑出聲來。

「笑什麼？」母親莫名其妙地也跟著笑了起來。

「沒有！沒什麼！」他仍笑個不停。

外面牛車輪響，接著傳來趕牛聲。

「你阿爸回來啦！」母親說完伴著大弟媳匆匆迎了出去。

他止住笑翻身起來坐著，眼望著房門發呆，心裏感到異常的空虛與紛亂。

母親很疼我，弟媳也很親切，可是沒有誰想到我會口渴需要人照應吧！他想：如果這是她們自己的丈夫，她們難道也任由他們去嗎？終究還要屋裏的人哪！

於是他想起老一輩的傳聞：莊尾阿六嫂丈夫死後要改嫁，那時她已四十多歲，孫子都有兩個了。村人勸她不如享兒孫福，她說：

「唉！兒孫再孝順終究是蚊帳外面的，只有丈夫才跟我同蚊帳啊！」

年老的公公也勸她守節，莊頭莊尾良田多少任她選，她說：

「莊頭的是田，莊尾的也是田，沒丈夫終不值錢。」

公公又告訴她，她有很好的兒子。她說：

「半斤黃蔴不當四兩苧，半斤兒子不當四兩夫。」

大家都沒有話說了。爲了帳內人，她眞拋去了已有的一切。這事像笑話一般地被傳講著，她是不是眞的很可笑？此刻他可一點也不覺得不平常。

門又被推開來，大弟媳捧著一只大碗進來。

「一點多了，肚子餓嗎？」她歉然地微笑著。

「剛吃過了，不餓！」

「哦？誰送來的呢？怎麼沒聽說。」

望著她走出去，他這才發現廳堂上鬧烘烘，小孩子呼菜要湯和大人的喝叱織成一片，一家二十多口人聚攏了起來可眞夠熱鬧。

他厭厭地轉了一個身，感到身子膩溻溻的非常難受，誰能爲他洗擦呢？只不知道她肯不肯理我！他想：這時候果然就要自己帳裏的人，雖然他們分房已經很久。

只有她眞正想到我會渴壞、餓壞，也只有她能替我做那別人不能做的事情。他想：我們——我和她眞就這樣仇視下去嗎？好多年了，那眞不像生活。將來兄弟分家之後，還能再跟父母弟媳站在一起跟自己屋裏人作對？

唉！如果她不是那麼頑強！如果她也順著我一點兒，不再對我太冷淡。爲什麼不能像以前一樣過得那麼親密愉快呢？她有很多不討厭的地方：她很體貼，她很風趣……只是……只是有時頂撞得人家走頭無路！

這樣，他開始想她的種種好處，他們的戀愛和他們新婚後的日子。他心中漸漸已做了決定了。這場意外的災禍如果能夠讓他找回過去的生活，痛死也値得。

傍晚，她進來的時候，果然提著水桶夾著衣服。他歡欣地迎著她笑著，她低著頭小心地閃避他直視著她的眼光。

她絞乾一條毛巾遞給他，手微微地發顫，他知道她這時也正在惶恐，是讓他的目光嚇著了。

他仍然注視著她的臉，並未伸手去接毛巾，終於她抬頭看了他一眼，但很快又轉向窗外，同時她的手輕輕被握住，她掙扎了一下也就靜靜地讓他握著。

「妳怎麼會想到要來照料我呢？」他溫柔地問。

她沒有回答。

「妳說話呀！」他催促地搖搖她的手。

「前世欠你！」她淡淡地說，仍然望著窗外出神，他看得出她臉上含有無限的哀怨。一陣自疚的感情襲向他心頭，他握緊她的手低低地問：

「恨我嗎？」

「恨死了！」她突然轉臉對著他，恨恨的說：，兩顆晶瑩的淚珠在她眼眶下閃動，終於一顆一顆往下滴落下來。

「從今以後再也不會教妳恨我了。」他激動地把她拉到身旁坐下，一面喃喃的說。

他們靜靜地相偎著，一切都在靜默中得到諒解。

水桶不再冒煙，窗外陽光也漸漸變黃。

「搬到我房裏來吧！」他說。

「不。」

「那麼只好我搬回妳房裏去囉！」

「也不行。」

「怎麼?妳還恨我嗎?」

「是的。」她咬著牙說:「以後我要更恨你了。」

他哈哈大笑著，忽然哎喲一聲臉色變得蒼白，是大笑震動了腿部傷口。看見她焦急的神色，他更加深了表情逗她，一面哀求地說:

「痛死我啦!妳就替我擦擦身體吧!」

於是她替他解開襯衫……。

天黑後母親回來，見了他就生氣的說:

「你那個好妻子呀，得好好的教訓一番啦。人家忙得要死，她差不多整個下午都不見人影……。」

「可不是嗎?這婦人眞是壞極了。」他高聲地叫著。一面望著母親驚愕的面容，一面想像她在厨房裏聽到這話的神情。

「等我病好以後，一定好好修理她!」

——原載一九六二年八月四日《聯合報》副刊

阿憨伯

每次走過菓園門口，我總會不自覺地朝裏面張望，但是觸入眼簾的是一間高大的紅磚瓦屋，再不是我那熟悉的小茅屋了；住在小茅屋裏的我那可親的老朋友，也跟著小茅屋一樣，只存在於我的腦海裏，我時常想念他，想念著這與我共度童年的老朋友——阿憨伯。

阿憨伯死去已五、六年了，人們到現在仍不時懷念他，每到農閒的時候，常常可以看見幾個年輕的小伙子圍住一個老年人，聽他述說阿憨伯生前的事蹟——他的憨和狂。就像在轉述一段古老的傳說或故事一般；講的和聽的都那樣的熱心，那樣的有趣，儘管他們已經說過或聽過好多次好多次了。

「你們阿憨伯最傻，二十五歲時他父親替他娶了親，新婚之夜他見床上有個女人，不敢去睡了，就坐在床前衣架下打瞌睡，新娘看他不上床，故意把棉被踢下床去；當時是嚴冬時節，他趕忙撿起棉被，你們猜他怎麼樣？他替床上的人蓋住，說：『客客客、客人，棉被跌落啦！當心著涼。』」說的人笑了，聽的人也啊啊驚歎著大笑起來。

「你們阿憨伯眞瘋狂，莊尾有個年輕的漢子，長得又懶又笨，人們也戲稱他『阿憨伯』，事情傳到你們的阿憨伯耳裏，他竟跳起來破口大罵：『那一個小子憑什麼資格跟我同名？他會削篾子嗎？會編畚箕竹籃嗎？他是什麼東西，竟敢跟我同名？』」又是一陣轟然大笑。

母親們在她的兒子行爲乖張或鬧孩子氣的愚笨時，最常用的是笑罵一句：「阿憨伯第二」。甚至有幾個孩子已經承繼上阿憨伯的大號。這樣，阿憨伯雖然離去了這個世界，卻產生了更多的阿憨伯。

阿憨伯個子矮矮的，又黑又瘦，腰帶上長年插著一根又粗又黑的長菸筒。早在五、六年前提起他來，橫十里豎十里，從小的到老的，幾乎沒有一個人不知道他。他本姓邱，自幼就有一股傻氣，一股狂氣，人們戲呼他「憨伯」，卻因此叫開了，幾十年來，已淹沒了他的本名。他胸前像是掛了塊明顯的大招牌似的，無論他走到那裏，人們都會暫時停下他們的工作，用半恭敬半戲謔的口氣高叫一聲：

「阿憨伯，哪裏去？」

如果他高興，他也會停下來，瞇起他那豬眼，喝一聲道：

「嗨！乖姪兒叫你阿伯喝酒呀？」

這時問的人定然緊追上一句：

「阿憨伯今年幾歲啦？做生日請我們喝酒哇！」

頓時阿憨伯臉色變了，他兩手搔頭吶吶地說：

「我……我不知道啦！莊裏阿阿阿、阿六哥跟我同年，你們去問他幾歲就曉得了。」

像公式一樣，一天一天的重演著：如果那天他不高興，他就朝問話的人瞪一眼，理也不理會。對方要是不知趣地再去逗他，那麼他準定從你祖宗三代直罵下來，罵得又粗又快。罵的人罵得痛快，挨罵的人更是挨得高興。總之，他走到哪兒，就替那兒帶來歡笑，人們永遠是歡迎他的。

名副其實，阿憨伯他粗野，他愚蠢；但無可否認，在生活的另一面他卻是極其嚴肅、極其認眞的。大清早起來，挑著一擔畚箕到村子四周撿牛屎，必得要撿滿兩畚箕的牛屎才回去吃早飯，不管颱風或下雨。往往我們經過菓園上學校去的時候，他已經吃過早飯，蹲在門口抽他那根長菸筒了。

他照管著在我們村子北面小坡上的一大片菓園，那是他祖上傳下來的。一年到頭，他把園子整理得有頭有緒，一根野草也看不見，園子四周圍著高高的竹籬笆，籬笆裏面種著荔枝、龍眼、芒果、楊桃和石榴等，長得又高又密；從園門口進去，一棟低矮的小茅屋，裏面就住著他一個人。

我們小孩子有點怕他，在我們想像中，他是一個孤僻神秘又可怕的人物。但是我們仍然喜歡爬上小坡，到菓園去偷點吃的。他一看到我們鑽進他園裏，總是怒氣沖天的對我們吼叫：

「看我不剝下你們猴皮，別跑別跑！」

他那根粗、長、黑的菸筒比劃著、跳著。那種神情使我們不由不相信，如果有那麼一天讓他捉著，他眞會剝下我們的猴皮的。然而，只要菓子成熟，我們照樣偷，因爲他實在很難捉著我們。後來我認識他之後，漸漸才看出他並沒有意思要捉我們這些小偷，但仍照常唬人。很不幸，我卻是讓他捉著才認識他的，而且跟他結成了朋友；我永遠不會忘記那天的情景，也不會忘記這可親而有趣的老朋友。

荔枝成熟的時候，學校也快放暑假了，我們這一夥人——小豬、老人家、綉仔和我，都是四年級，天天上學放學都要經過菓園，只要有機會，我們從來不放過，總要偷幾個菓子來嚐嚐的。有時更要逗老頭子開開心，老頭子跳得越高吼得越響，我們也就越高興。

是星期六，學校下午放假，我們四個人興沖沖地計畫著如何把那紅溜溜的荔枝弄到手；綉仔是女孩子，膽小，就由她看守書包，我們三個人很快趕近菓園；撥開籬笆朝阿憨伯的房子窺探：他的房子造得很特別，前門和後門都開得很大，一張竹眠床就在兩個門的中間，這樣他躺著的時候也能守著他的菓子，確實是很方便的。然而這卻給了我們最好的機會，只要看到老頭子躺在床上，我們就可以放心溜進去，偷他屋側的荔枝。這時阿憨伯正四平八穩地躺在床上抽菸筒。在他，抽菸大概是最好的享受，而且他抽菸也可以給我們分享利益，荔枝的味兒永遠是好的。

我們三個面面相對會心地一笑，興奮已充滿了我們全身。挨近那經我們做過手脚的籬笆上，輕輕一推，就現出一個小洞，只一會兒工夫我們已身在園內了，輕手輕脚地，我們挨近樹底，低枝兒已經光禿禿。我毫不猶疑翻身上樹，爬樹才是我的拿手哩！我隨手折了兩枝丟下去！心裏想！只要老頭子再多抽兩口，一切可順利啦！

正當我得意非凡，高興得忘了形的時候，忽然一聲獅子吼，我魂兒飄了，差一點從樹上掉下去。

「這幾個小鬼又來啦，看我捉一個剝皮。別跑，別跑！」阿憨伯隨著他的吼聲，直衝到樹下。小豬和老人家巴達巴達跑近籬笆，腦袋兒一鑽就不見了。我伏在樹上叫苦老天，別讓阿憨伯抬頭，但老天不靈驗，老頭子終於抬頭了。完蛋了，這一次猴皮準剝定了！我心裏暗叫一聲緊緊地閉上了眼睛。

「嘻嘻嘻嘻！下來下來，到底讓我抓到一個。」阿憨伯張開手臂，開心地咧開他沒牙的嘴樂了。

老師說過，男子漢應該要從容就義，我沒法可想，只好乖乖下來。阿憨伯握緊我的手臂把我拖向小茅屋去，一路上嘻嘻地笑著，一面打量著我全身上下，我的心忐忑狂跳著。他一定在考慮打那裏剝起！我想著想著皮膚底下好像有刀子在蠕動一般，涼涼癢癢的。

他房裏除開竹眠床，一個古老的大木櫃靠在牆角上，另外只有三截短短的木頭在木櫃前，是當矮櫈子用的。他把我推到一截木頭上，他自己面對著我坐在另一截木頭上，同時不斷地端詳我，樣子像是非常的困惑與驚異。我可不管他爲什麼，只要他不急著動手剝皮，我總會想法脫身的；綉仔小豬他們也會來救我吧？仔細看對面的籬笆，那些小洞洞裏，正有一隻隻眼睛在眨動。好啦！綉仔他們終究沒有丟下我，我放心地笑了。

忽然，阿憨伯反手從背後拔出揷在腰間的菸筒，這一下把我嚇個半死。他要動手了！我瞪住他那兩尺多長的菸筒，魂兒已經飛了。打從我知道有阿憨伯，就知道他這根菸筒。在傳說中，這根菸筒是安置有機關的，那裏面可能藏著鋒利的刀劍。現在他要拿它來剝我的皮，那麼我將要看不見爸爸媽媽、老師和綉子他們了。想著我忍不住大哭起來。

我這突然的大哭可把阿憨伯嚇了一跳，他張開大嘴巴看看我，接著像想到什麼似的轉身打開木櫃，從裏面抓出一大把荔枝塞進我的懷裏。

「莫哭！莫哭！吃菓子好。嘻嘻……。」他觸了觸我的頭髮，還嘻嘻地笑著；而他那粗長的菸筒正對著我的腦袋，我哭得更傷心，他只一按機關，我頓時就會完蛋。

常聽公公講古時黑店殺人的故事，最先也都先把有毒的飯菜給客人吃，等人暈倒後才動手割肉；這竹籬笆圍著的破茅屋一定是家黑店，這些荔枝也一定下過了毒藥；我摸都不敢摸，只放開喉嚨嚎啕，好讓一些豪俠聽見了來搭救。哭了一會，我偷眼一瞧，阿憨伯有些慌了，他正咬著沒有放菸絲的菸筒，嘛嘛地狂吸著。

菓園那邊有些脚步聲，阿憨伯抬頭一看，立刻大喝一聲衝了出去，又是誰來偷菓兒呢？天賜我機會，快溜！但我仍乖乖地坐著，動也沒動一下；他那根殺人的傢伙正靠在我的身上哩！

後面閃出一個人，是小豬來救我啦！他一脚踢開那殺人的東西，拉了我就跑。等阿憨伯回來，我們已經遠遠地逃出了這間黑店。

我這條小命是撿回來的！大家都是這麼說。以後我很久不敢到菓園去；但是從此以後，阿憨伯看見我，總要瞇著他那雙豬眼，咧開他沒牙的嘴巴對我嘻嘻地傻笑，笑得我渾身汗毛倒豎起來。有一天，他出其不意地拉住我，把兩個又圓又大的番石榴塞進我的書包裏。

「給你吃，很好吃，嘻嘻……。」他說完放開我的手臂走了。當時我嚇得半死，然而他說這話時那種近乎諂媚的善意神情，我現在還能清晰地想出來；那正像是慈祥的祖父在哄他那愛鬧脾氣的孩子一般。我在那兒呆站了很久，一直到綉仔推我才醒過來，我把兩個番石榴都送給了她，一路聽她綿綿情話回去。

此後，阿憨伯衣袋裏總裝了菓子等著給我，時常他站在菓園門口等我們放學回家，然後在我書包裏塞幾個菓兒；番石榴、芒菓、荔枝、楊桃，都是最大最好的；他這樣做，似乎有很大的樂趣，總是笑嘻嘻的。起初我有些怕他，慢慢也就慣了。終於我懷著畏怯的心理，再度跟他走進那次我逃出的黑店——他的小茅屋裏。

阿憨伯並不像我們想像中那麼神奇、那麼可怕。相反的，他是慈祥可親的；他寂寞，他想跟孩子們親近，可是他的模樣卻使孩子們遠遠地躲開。我是慢慢喜愛上他的，看慣了他的怪模樣，誰說他不是可愛的老人呢？我天天上小茅屋去看他，我們一同說孩子的話，一同拔草，有時也一同吃飯。人們都很驚異我們的交情呢？

「我的順仔跟你一樣，他是乖孩子，不哭也不鬧，他喜歡我，天天跟著我工作，睡覺。是的，他乖，他叫我阿伯哩！」他時常這樣對我說，停停他又小心補上一句：「你也叫我阿伯好嗎？」

從他的談話裏，我知道他的順仔跟我很相像，他死時也同我一般高了，是害瘧疾死的。另外他還有一個已嫁出的女兒，可是他很少提起她；她也很少回來看他，我只看過她一次，是個肥胖高大的婦人。他時常懷念順兒，甚至把我當做他的順仔了。有時我高興起來也叫他一聲「阿伯」，他立刻咧開沒牙的嘴巴，高興地笑了。

我之所以喜歡他，並不是為了他有很多的菓兒給我吃；當然我走進他的小茅屋後，我的書包裏經常都有很好的菓兒分給同學，綉仔他們都非常羨慕。他也不會給我說有趣的故事；然而他卻能替我做很多的事情。比如說我要捕伯勞鳥，他會挖三尺多深的土坑給我捉隻土狗仔當餌；學校開學時要繳掃把水桶，他一個月前就替我準備好了；甚至他會拿著竹竿，費一上午的時間在樹林裏穿繞著，只為了替我補隻蟬兒。考試到了，我就到他屋裏看書，這時他會靜靜坐在旁邊抽筒菸，一句話不說地看我用功；漸漸我發覺，一天沒有看見他，我就要悵然若有所失了。

我很少使他感到麻煩，但有一件事我到現在還覺得抱歉，可是從這件事，我也才知道他是很有情感的人。

是寒假裏，那時我已六年級了。我早上複習功課，下午就全部消磨在菓園裏。那天突然冷起來，我和阿憨伯都躲在厨房裏烤火。阿憨伯突然想要煮糖蕃薯，於是他去木櫃底下拖出一隻盛滿蕃薯的畚箕，興沖沖捧到厨房來。這些都是最能出糖的「白菜青心」，都是媽媽教我送給他的。我們撿出半畚箕較軟的，阿憨伯就蹲在灶前削起來。我不住的把柴火往灶裏送，一面有一句無一句地跟他搭訕著。火光熊熊，鍋裏水快開了，我感到手裏柴枝有些異樣，低頭一看，立刻我嚇住了。阿憨伯那根菸筒已經燒掉了半截。

阿憨伯搶過我手裏的菸筒，在柴灰裏亂攪了一陣弄熄了火，仔細地看著那冒煙的菸筒，突然他丟下菸筒，兩手抱頭大聲痛哭起來。

我感到又害怕又難過，從後門偷偷溜出來。一連幾天都不好意思再去看他。燒壞了他心愛的菸筒，以後他不能再吸菸了，當然他會傷心得哭起來的。我一直都爲自己的糊塗懊惱，最後爸爸給我買來一根很漂亮的化學菸斗，我才抱著贖罪的心情挨向菓園去。

阿憨伯正蹲在房前曬太陽，看見我他的臉展開了。

「怎麼好幾天不來看阿伯？阿伯想你呢！」他拉著我摸摸我的頭和肩膀，非常高興。

我抽出手臂打開紙包，靦覥地把菸斗塞進他手裏，他先愕然地望著我，然後拿起那彎彎曲曲的發著光亮的菸斗，翻來翻去的看著，一面哈哈大笑起來。

「眞是乖孩子，這樣好的菸斗給阿伯抽菸。」他重新把菸斗包好，放在衣袋裏說：「你拿你阿爸的是吧！等下回去快帶了去，不要讓你阿爸知道了打你。你看，阿伯做了新菸筒呢！」

他指了指床頭，一根長而粗的新菸筒正靠在床邊上。我告訴他菸斗是爸爸給的，要送給他。最後他才笑呵呵地把菸斗包了又包，放到床前大木櫃裏去了。

「那天給阿伯嚇壞是不是？阿伯不是痛惜一枝菸筒。但是那枝菸筒用了二、三十年，它還是你伯母替我做的呢！」他朝我眨眨眼，把新菸筒插到腰後：「來來！看我給你留了什麼！」

我跟他走進厨房，他取下掛在壁上的小菜籃，掀開蓋子，裏面竟是一大把曬得黃橙橙乾巴巴的糖蕃薯。

「你看，好不好？出了好多的糖。等你不來，我撿好的曬。快吃！吃完了我們到小溪裏捉蝦公去，你不是最喜歡吃烤蝦公嗎？」

在菓園，我們親密地過了兩年，後來我考取鎮上的中學，才離開了菓園和阿憨伯，住到鎮裏的親戚家。每逢假日，我騎著單車返家，經過菓園，一定要先進去看阿憨伯。阿憨伯一次比一次更衰老了，他看見我總要摸摸我的頭，一面喃喃地說：「又大了，又長高了。」

記得我第一次穿了整齊的童子軍制服去看他時，他拉著我驚異的打量著，久久才確定了什麼似的，然後哈哈大笑起來，沒牙的嘴巴咧得大大的。

初中二年級時，一個好天氣，我騎著單車一路聽蟬聲回家，心裏想星期日又可以和阿憨伯一同去捉蝦公。騎到菓園門口，我怔住了，裏面搭了布棚，進進出出的人顯得很匆忙很熱鬧。回到家裏媽告訴我阿憨伯竟然死了，幾天前他去莊後撿牛屎，跌進水溝裏，人們抬回去兩天就死了：是他女兒女婿回來料理的，今天早上才下葬。我沒有聽完眼淚已紛紛滴了下來，晚上更偷偷哭了很久，想著他生前的種種情景，我整夜都沒有闔眼。

第二天我請綉子領我去看他的新墳；一坯黃土堆下，正長眠著我那可親的朋友。小山崗上墳墓纍纍，矮小濃密的灌木，這兒一叢那兒一堆的，滿眼荒涼淒切，我燃起香燭，叫了聲「阿伯」就哽住了；矮仔在旁邊燃紙錢，也陪我落了不少的眼淚。徘徊很久，我們才懷著沉重的心情走下小崗。

一個月後我經過菓園，菓園已變了樣兒，新圍的鉛絲網代替了原來的竹籬笆，小茅屋也拆掉了，正在建造磚房，那個肥胖高大的婦人，正笑嘻嘻地搬運著磚塊。

菓園是變了，變得對我如此的陌生；我感到我那依戀的感情徬徨無依了，失落了；是不是我長大了呢？

我不知道我那唸四年級的弟弟，是不是也想盡辦法鑽進菓園去？但他們無須再撥開竹籬笆窺探小茅屋，也無須再擔心那根又粗又黑的安有機關的長菸筒會剝開他的猴皮，因爲阿憨伯已經長眠了。

——原載一九六二年十一月廿一～廿三日《聯合報》

菸田

一

晨風，吹得路邊竹子吱吱哀叫著彎下腰，竹尾飄呀飄的在風裏打轉。昨天晚上，糊裏糊塗地倒下便睡，連今天要摘菸葉都給忘了。

連連地做著好夢，醒來渾身都舒暢，吸吸涼風，我眞忍不住想要高唱起心肝阿妹來。不過，太遲了點，人家早就下田半天了。我抖抖牛繩，在空中摔個花圈，啪的在牛後臀上擊了一鞭！

「嗽！快走。」

鐵皮車輪，在高低不平的石土路上叩著，發出隆隆的呻吟，彎過山嘴，眼底是個寬闊的山谷平原。放眼望去，盡是一片綠油油的菸田，彎彎曲曲的綠秀溪縱貫全谷。河床上裸露的巨大圓石，和兩岸的蘆葦，矮樹、點綴了菸田的單調，這片美好的田園，就是我們的——頭家的田地啊！

西面的山頭，浸浴在耀眼的陽光下，山坡底的相思樹，正隨風翻起陣陣樹浪，谷地卻處在山的陰影中。摘菸葉的人們全淹沒在綠色的菸海裏，只見一頂頂的草笠在表面浮動著。

喂——我高聲長呼，四面山羣也隨著喂喂的反響。一隻手臂舉起來了，接著也傳來一聲長長的呼喚。

喂——。

菸葉的辛辣味兒飄送了過來，我拍拍牛背，上好車擋，下陡坡，輪子和木擋摩擦出使人牙齦發酸的咿呀聲，傳遍了全谷。

路邊攤開的破麻袋上堆著高高的菸葉，又長又厚的菸葉看起來是多麼可愛呀！多少年沒種得這樣好的葉子了，只可惜……。

停好車，解下牛絆繩，重重的在牛後臀上拍了一巴掌，老伙伴就大搖大擺地爬上山坡上去了，山上有的是嫩菅筍，好好兒去塞飽點吧！

隔河那邊高呼怪叫得那樣熱鬧，我也自顧自的笑起來，好像有傳染性的，我只有跟著那邊的笑聲笑；我太高興了。

安妥車板，我兩手不停地把菸葉撿齊了往車上裝。山歌儘管好唱，活兒卻不能不趕，下午是不能摘菸葉的，這活兒比什麼還要緊，跟趕救火似的，延不得。

貴香挑著大擔的菸葉，沿著田塍走過來。綠色的雨衣被菸油染成了黑色。只剩領子上還依稀能辨出它本來的面目；草笠拿在手裏，頭髮燙得像隻烏鳥窩，又鬆又亂；圓臉上掛滿笑意，笑得非常迷人。

新德和阿鳳嫂升上河坎，也先後的沿田塍過來。新德黝黑的長臉上密密麻麻的長滿了青春痘，步伐又快又穩，蔘蔘的像陣風，把阿鳳嫂給撇在後頭老遠。

「喲！阿壬哥好意思？到現在才下田哪！」貴香放下擔子就嚷：「人家都快摘過河來了。」

「睏了幾夜了咧，昨天晚上又起下乾菸葉七、八百竿，雞啼才睡。那像妳們這般吃飯不管事的那麼享福。」

「阿壬哥，我看八成你晚上在攪鬼。我到上面去還蒙著頭大睡。」新德這傢伙嘴上最刻薄，他可以跟女人們肆無忌憚的調笑。碰到我，哈！可是針尾碰到鑽，辣椒遇著薑，討不了便宜。」

「唉！好久沒有看到新妹，想來想去整夜都睡不著覺。」我說。

「呸！羞死祖宗啦！」兩個女的尖叫：「人家新德的姊姊是老師，連看都不看你，那樣的厚臉皮哪！」

我哈哈大笑，新德這傢伙也有莫可奈何的時候啊！

「咦?阿鳳嫂，妳這擔葉子誰摘的?」我翻開阿鳳嫂擔子裏的菸葉:「太青了。」

「好像是招金摘的。」她遲疑了一下回答。

「招娣自己呢?怎麼把小姑娘也找來?」

「昨天招娣被菸葉傷了身子。怕人手不夠，才教她妹子來。」

「呃?眞糟!傷得重嗎?」

「開始很怕人。早上我打她那裏來，她已經坐起來縫衣服，大概不很重吧!」阿鳳嫂說。

招娣是我們工作班子裏的台柱。二十七歲了還沒有嫁出去，在這一帶是很不尋常的事情。但是，她的一手好活兒可眞不含糊哪!脾氣僵得可怕，其實又何必逞強?她明明曉得菸葉上的露水會醉人，卻經常不穿雨衣，到底還是傷到身子了。

「今天幾個人?」我問。

「連阿錦嫂八個。」阿鳳嫂說:「要教招金回去嗎?」

「教她每株少摘一片葉子吧!青的留著下期摘。」我說:「順便叫順妹來幫我裝車。」

「不用叫!看那邊不是嗅到腥味找來了?哈……。」新德報復似的大笑著走了。

順妹身材高大豐滿，圓臉上甜甜地笑著，原本嫌小的眼睛更瞇成了一條縫。我聞到一般熟悉的體香，全身登時輕起來了。她今天眞漂亮，脫掉了外面的黑雨衣，竟穿得一身乾淨的洋裝。我格格傻笑著看她捲起衣袖，熟練的撿著菸葉，噢，那隻噴著粉兒的手臂兒……。

「又發神經了。」她遞過一把葉子，惡狠狠地瞪我一眼。

「妳今天好漂亮。」我止不住笑：「香噴噴的迷死人啦！」

「嚕嗦鬼！」她也笑了。

我一層層地把菸葉堆上去，小心著弄斷葉骨。

「你看這葉子多好！肥肥重重的。」她理著菸葉說：「眞罕見這麼可愛的葉子。怪的就是烤不好，實在想不通。」

「今年雨水太好，淋了這陣雨，把黃葉又給弄得回青回嫩，烤起來顏色先就差了。排水又排不好。菸葉像在菸樓裏蒸，葉蒂一爛，都掉了下來。如果不幸碎葉穿過鐵線網，觸到燒得紅紅的鐵筒，連屋子都會燒掉，那才倒楣哩！葉子長大，肥厚也是沒有用的。」我說。

她搖搖頭，歎了口氣說：

「每年天旱，爭水爭得拿刀握棍，今年不爭水了，卻又這樣。我們這些莊稼人兒，就是注定要一輩子苦。」

「妳也天天忙嗎？我日夜蹲火場，想出去眞不容易。」

「可不是呢！今天這家摘菸葉，明天那家斷菸筍。轉來轉去一連半個月沒歇過，眞累得腰骨都伸不直了。昨天招娣姊給弄倒啦，現在還在床上哩！」

「昨天不是在妳們家摘嗎？」

「正是。眞把我嚇死了。我爸爸出去請醫生，我和貴香把她扶回家，弄到晚上十一點多才把菸葉穿完，擺進菸樓裏架好，雞已啼頭更。躺下眠床，剛閤眼皮，天又亮了。」她說著，樣子是那樣的憎惡、不滿：「只不過多幾文錢好賺，命也要賣給它，眞個菸業！冤業！你倒眞做不厭也做不怕？」

聽她一發牢騷，我心裏又怕起來，我很擔心她又提起上次的問題。雖然我天天爲這個心焦，考慮了又考慮，卻沒能夠下決心。要是她突然一問，又要氣得半死。

「晚上我們看看招娣去。」我岔開話題說：「我們也好久沒有在一起了。」

摩托車噗噗的響著，今兒頭家可來得眞早。他也心急啦！我們相對會意地笑了笑。

「呵呵——你們早。」頭家車子還沒有停穩就嘻嘻呵呵笑開了。這正是他的特點，對誰都能笑得那麼親切那麼自然。難怪他名望高，又是鎮民代表又是農會理事，一大堆名頭。他的白皮膚，方面孔，映著剛翻過山頭來的陽光，顯得生氣蓬勃，熱情洋溢。

「呵呵！順妹辛苦啊！早點下工休息。」他笑嘻嘻地說：「有你的信呢！阿壬。」

看看信封，熟悉的狗爬字，是第四封了。我偷看順妹，她很快地溜了我一眼。

「昨天下葉子，這場菸葉烤得怎麼樣？」頭家低低的，滿不在意似的問，我早看出他眼裏迫切的閃光了。一場葉子値數千元，辛苦了多少時間，也不過八、九場葉子啊！

「爛是沒有爛掉，就是顏色褐褐的沒有油性，而且十多竿葉子不太乾。」我說。

「沒有爛掉就太好了。外面情形壞，實在教人心寒。」頭家乾笑著說：「幾千元的東西挑去糞堆裏搭肥哩！」

「以後會好些的。沒有再下雨。」我說。

「呵呵！就希望這樣哪！」他朝隔河工作的地方張望了一下。新德和貴香又挑著葉子爬上了河坎。

「你們慢慢做，我先上去看看。今天宰雞啊！呵呵。」

摩托車爬坡叫得很響，噴出一股青色的煙霧在空氣中翻滾，汽油味隨著微風飄送，隨即一切又都消失了，仍留下清爽的山風和暖洋洋的太陽照耀全谷。

「張明亮的信。」我說。

「哦！」她停了一下，想說什麼，卻又默默地埋首工作。我也不願意說什麼，且等著我看完信再說。隔河，喧鬧的聲浪不停的傳來。

「好熱鬧。那唱十八相送的嫩嗓子是招娣她妹子吧？唱得眞好。」

一班小孩子趕牛入山，落羣的小牛哞哞哀叫著；又一班伐木工人，帶著刀鋸，提著便當，也談談笑笑的往山裏去。我們做得很愉快。連半山的畫眉也吱吱喳喳聒噪得正起勁。

二

我命苦，註定是討食婆的兒子。閻王放我出來這個世間，童年卻也召去了我爹。留給我們的只有一間破茅寮挨著一角菜園地。我媽多病，躺下床便是半月十日。我不知道媽媽怎樣把我跟哥哥養活的。我還依稀記得，母親拖著病體，揹著我，牽著哥哥一家家去討些殘菜冷湯。

我也沒有唸多少書，小學裏鬼混了幾年，小要飯的沒人理會，只唸到四年級就滾了出來，斗大的字倒也識得一些。平日裏沒親沒戚，沒有朋友，清明不用祭祖宗，過年也無須敬關爺，母子三個把破寮一關，就是我們的天下。

頭家是我遠房表叔，但是，我們各房不相往來，已是一、兩代以前的事了。我已忘記是那一年來到頭家家裏，也忘記怎樣跟上他的。我只記得一開始就和財發伯一起看羊。俗語說：「掌牛有牽，掌羊有跑」，可真一點不錯，三十幾隻羊在山上，就像有幾百隻那麼多，整天追來追去累得半死。財發伯是膿包，半瓶米酒能使他死睡大半天，有時我把羊兒趕歸欄後，還要打起火把找老財發。

寂寞，不自由，苦啊！我幾次跑回家，和哥哥一同爬到床底藏著，還是叫母親給扭著送回山裏去，由看羊到看牛下田，一年年流水一樣流去，摸摸下巴，鬍子渣兒已經粗得刺手了。

十幾年來頭家的照顧不能說不好，吃穿用的，樣樣齊全；自從在這山谷裏做了菸樓之後，我儼然成了山裏的主子。田裏的事，家裏的事一大堆，好在還有長工阿錦哥夫婦，又有老財發伯管理許多家畜，大家住著倒也像個家。頭家鎮子裏有家有店，是難得進來照管的。

這天下午餐桌上，頭家很興奮，開了瓶紅露，勸大家喝酒，話也特別多，白白的面孔泛起微紅，顯然有酒意了。

「呵呵，大家不要客氣，自己隨意好。」他睜大眼睛，掃視著每一張臉孔。

「今天我要在各位朋友面前說幾句話，也請各位做個證，看我說的話算不算數。」他手捧酒瓶做了個揖；聲音有些急促，語氣卻頗肯定；「我們結了多年鄰舍，一向承蒙大家幫忙照顧，這點要特別感謝。另外我要說的，是我這賢侄阿壬。」

「阿壬等於我半邊身子，這一點大家也知道。我自己兩個孩子沒用，全在外面唸書；我自己店裏事情又多。要不是阿壬在這裏日夜辛苦，我實在沒有今天的安閒。」

他頓了頓，換上另一種語調說：「他在我這裏，就是我們自家人，我一向把他當做自己的兒子，他年紀也不小了，自他前年退伍後，我就打算替他成家。」

「前些時候我託人替他問過兩家姑娘，都是他自己推辭掉，是不是他有意中人，我就不知道了。但是有一點，不管他中意誰，我若沒有誠心替他辦這件親事，大家可以罵我說話像狗吠。」

我感到窘極了，頭家講這種話，好像我曾抱怨過什麼似的，順妹在那邊已經瞟過我好幾次了。頭家剛坐下，由新德領頭轟的大笑大叫起來。我極力應付著各種善意的取笑，匆匆忙忙丟下飯碗便溜到菸樓前的蔗葉涼棚底下。

我得想一想！我告訴自己，撿過一支菸竿，解開一端的繩子穿上長長的菸針，然後機械地把菸葉從葉蒂串進繩子裏去。

不錯，頭家好意替我成家。但今天態度很特別，很明顯的他有某種的意圖。是擔心我突然離去？

他沒有把我當外人，我不也一逕將這裏視爲自己家嗎？這裏才有我的生活方式，我何嘗有意離去自己的天地呢？我原就命歹，老古言語說的：命裏注定八合米，走遍天下不滿升。那裏不都一樣？何況生來直接跌落地，原是脫不開土的呢！

可是這股力量，在心裏翻騰許久的意識，卻壓得我很難受。繩子串滿了菸葉，我取下菸針，把繩端繞上竹竿。擺到身後，又撿取一根菸竿。

張明亮又來信了，這次他倒沒有催促，只說隨時歡迎我。退伍後，他們幾個合起來做生意，賣力賺錢，卻也幹得有聲有色。他說這是新興行業，可以試試。

「缺你老三，我們很遺憾。」他信裏說。我好像看見了他高大的身軀，聽到了他響亮的聲音一樣。

「人總得要自己進鑽，你一生當長工，看頭家臉色，像條狗一樣？你看看財發伯吧！」最重的壓力在這句話，雖然聲音輕微悅耳，卻天天迫得我透不出氣來。她沒有說錯，自然我不能像財發伯一樣。只是我有點害怕，害怕新的生活。

那麼！頭家的一席話是有因而發的了。難道他已看出我的不安嗎？我或許只是敏感罷了。那麼我是不是該正式向他提起呢？我又換上另一根菸竿。

順妹抱著一包菸葉進來，坐在斜對面的矮凳上，拿起菸竿解開繩索。

「你跟頭家講過嗎？」她問。

「還沒有。」

「那他怎麼好好的忽然提起這些事呢？是不是他看了信？」她偏過頭來看著我：「信裏怎麼說的？」

我看著大班的人擁出飯廳，對她笑笑說：

「晚上告訴妳，我們要好好談談。」

「好吧！我在招娣家等你，一定來。」她說著調皮地扮個鬼臉，貴香已一腳踏進涼棚來了。

三

我們從招娣家出來，大地已經沉寂，月牙兒剛剛爬上山頭。周圍蟲聲此起彼落地輕唱著，似在讚歎這美麗的夜。山的輪廓，樹的微影，一切是朦朧的、夢幻的。遠處野狗低沉的吠聲，伴著我們的脚步。

「不久過年，又加一歲啦！」她踢著脚邊的草莖，幽幽地說：「你眞該有什麼打算了，等到頭髮變白後，還能做什麼？張先生又在催你去吧？」

「沒有，這次他沒有催，只說歡迎我去合夥。」

龍眼樹枝斜斜地垂在路邊，我舉手扳住頭頂的低枝，選了一片嫩嫩的新葉嗅著。

「過年時，菸樓正在停火期間。最好我們能先去看看。他們也想見妳哩！」

「你告訴他們了？」她忽的停下步子，轉過頭來瞪著我，目光懾懾逼人，我能感到它所含的責問的意味。

「不能讓他們知道？」我囁嚅地舔舔嘴唇。

「我——我不知道。」她收回目光繼續低著頭向前行。

綠秀溪上的老鐵線吊橋高高地懸在河面上，順妹在橋中央坐下，把兩腿伸出橋欄外晃著，吊橋一晃一晃的也隨著搖盪起來。我傍著她，斜斜地扶靠著鐵纜立著。風把兩岸茂密的灌木吹得簌簌發聲，鐵纜上蒙著薄薄的露水，涼涼溼溼的有些冰手。「今天，那個潤德伯母到我家去了。」她把頭伏在我腿上，平靜地說。我能感到她臉上肌肉的牽動。

月光將破碎的樹影投射在她身上髮上，風吹樹搖，影子像在顫抖似的跳動。我心裏突然生起一股無名的驚懼，我常擔心著會有這種事發生，現在不是來了嗎？我眞不知道我們能不能再在一起。這該下十八層地獄的媒婆，該死的潤德伯母！我心裏咒著。

「誰？」我顫聲輕問。

「我也不知道。我媽剛剛要跟我談，我沒有理她。」她揚起頭對我安慰似的一笑：「你害怕啦？」

我搖搖頭在她身邊坐下。她輕輕地靠過來，安靜地讓我摟著。我把龍眼葉含到口裏，悶悶地吹著番調小曲，調子是憂鬱的、哀怨的，我被自己引得眼角癢癢。心裏的陰影使我不安，我不知道未來是禍是福。

「順妹。」我吐出樹葉，摸摸眼角。

「嗯——？」

「我們——妳爸爸會反對嗎？」

我感到她輕輕顫動了一下，把我的手指握得很緊。許久才低低的說：

「大概不會。」

這就是啦！我告訴自己。前面的道路很黑暗，我可能落進深谷下，但是我得要儘量向前爬。明天，給張明亮信，告訴他我已經決定了。趁別的事沒有發生前，趕緊先抓住她吧！我相信她會走向我的。想到這點我較開心了。

樹影漸漸從身上移開，明月爬上了樹梢。我替她理理飄散的頭髮，拍拍她的肩膀。

「走吧！我們回家去。」我說：「明天妳來這裏，等我的消息。」

回到菸樓剛過半夜，屋裏靜悄悄的。阿錦哥他們全睡了。老黑搖著尾巴親熱地迎接我。轉到火場後，把菸樓中的溫度表拉近看窗，透過玻璃！卅度，剛好。明天再悶一天，讓這些葉子變得像黃金般的顏色。我也正可以出鎮去找頭家談談，也得回家去看媽媽了。

四

媽媽在屋後菜園裏，密密籬笆棚中，只能看到她的藍衫在搖動。我支起單車，把後架上的米提進屋裏。米缸空空的，掀開鍋，有幾根煮熟的大甘薯。灶子冷冷的，不知道什麼時候停火到現在了。我一陣心酸，推開後門。

「媽！我回來了。」

「誰？阿壬嗎？」媽媽緩緩站起，眼眶紅紅的，在陽光下努力的眨著，媽媽蒼老了。佝僂的身子，遲緩的步伐，二十幾年艱苦歲月，使媽媽變成了老太婆，不知道要那一天才能享清福呢！哥哥靠不住，經常隨著那些狐羣狗黨閒蕩，哪日他能回頭，就是母親的福氣了。

「想摘點菜去賣。」媽媽笑笑說。望著老人家的笑容，我再也忍不住慚愧和悲痛，我從來就沒有爲母親想過，我只自私地爲自己打算。我離去，再有誰來照顧她的生活呢？往常三、五天回家一次，這回只多躭擱了幾天就這樣——

「哥哥呢？」我問；心裏很不高興。

「誰知道他鬼混到哪裏去了，昨天早上就出去，到現在鬼影都沒有看到。」媽媽說：

「很忙嗎？好久都不回來。」

「烤菸葉，脫不開身。我買了兩斗米在缸裏，這裏有五百元妳帶在身上用。我要等菸樓熄火後才能再回來。」

澆完菜，打滿水缸我才出門。望著一根用木柱斜撐著的破茅寮，我心裏更加沉悶起來。

頭家在舖子裏跟幾個男人圍著飯桌談話。年關已近，洋貨店生意很盛。頭家娘在外面忙著應付客人。

「我侄子阿壬。」頭家向對面穿西裝的老頭子說。我認得他，就在洋貨店隔壁農會推廣組做事，我不時向他買農藥。

「農會的阿木伯，你認得嗎？」頭家笑著對我說：「這兩位是屠宰場的金星哥和對面粄仔店的全盛叔。」

我朝大家點點頭，在阿木伯旁邊坐下。

「菸樓生火了嗎？」頭家問。

「沒有，這期葉子太青，黃變期要久一點。晚上可以起火。」我說。

「你看田裏的菸葉怎麼樣？要不要再噴一次藥？」

「正是呢！我發現不少葉子生白星兒，馬上需要噴一次。」我說：「今天要帶瓶藥回去，上次的都用光了。」

「要噴白星兒嗎？波爾多劑很有效，我那裏還有一些兒。」阿木伯很熱心地說：「今年白星兒特別多，種菸的家家都傷腦筋。聽說這白點兒一燻會變黑點，彈一彈全往下掉，可是眞的？菸葉破了洞，價錢不是要差了嗎？」

「唉！差又有什麼辦法呢？種菸的慘不就在這裏嗎？沒早沒晚，沒老沒少，一年裏就要忙半年，而且赤星兒啦，白星兒啦，上粉啦，反種啦，一大堆毛病。要是天要作壞，一場霜下來，大家全完蛋。就算全部平平安安吧，繳上去沒有好等次，也是白辛苦。」

頭家說著不住地搖頭。

「我說發貴哥。」粄店的全盛叔說：「你們有菸樓的才是大財主兒哩，每年繳菸葉都用洋巾包鈔票，人家想得要死還想不到菸葉來種呢！」

「嗨！全盛，你看人家在吊頸還說在盪秋千。你要知道，種菸的人家，全年衣食全看在菸葉上啊！平常裏借的賒的，一句話：繳菸後償。菸籽還沒落土，菸葉已吃掉一半啦。等到繳菸葉，菸廠再扣肥料、借款、稅金，剩下的錢領出來，這家店那家舖子分著，到家能給小孩子留下一點糖菓錢，那就算不錯了，有什麼好的？像牛一樣地做啊！」

「這是眞心話！我自己有菸樓，知道得最清楚。」屠宰場的金星哥也長長地歎口氣說：「我眞做得怕了，不分老少，從落菸籽忙起，做苗床，淋肥澆水、移植……。」

順妹把菸葉叫做冤業，可不是沒道理的，從做苗床到種菸，那樣不是把人當做牛使？就說移植後的照管吧！白紗帳子白天掛起晚上收下，或半夜三更下幾滴雨，慌慌張張又要趕緊將苗床撐起來；怕蚯蚓把苗根鑽鬆了，又怕土狗仔將菸葉咬破，日夜不住要巡視，到葉子有巴掌大了才可以種植。菸畦一行行用尺量，用線牽，澆水，把腰彎到站不直。然後呢，中耕培土、施肥、捉蟲噴藥，沒有一天不往菸行裏鑽。菸兒長到齊胸高了，開始三、五天一次地斷芯拗芽，這才是最惱人的工作，就算菸葉燻乾了！也還得壓製，檢選、分等、包裝，全家老少都沒閒著。人手少的家庭，眞夠瞧的了。過度的工作，菸葉的辛辣，痨病鬼多了，沾上葉子上露水倒了，因噴農藥自身中毒的也不少，誰說不是冤業呢？賣命賺飯吃。除了這行業倒也沒有更好的。

「……去年普遍等級差，一年比一年壓得更緊。」金星哥對大家說：「你不是說也繳得壞嗎？」

「可不是？我認爲天下最不公平的，莫過於繳菸了。自己老命拚出來的東西，隨別人去分等分價，還不得異議，天下那有這等生意？」頭家說：「我們那組裏我繳的最差，無形無跡就虧上萬元啊！」

去年，論色澤、葉子，我們並不比他家差，等級卻最壞，繳菸葉那天，我眞恨不得找人算帳。他媽的把人當瞎子，他的口比佛祖的法言還靈，一等二等三等隨他高興。六七包上等的貨色，我從十包中精選出來的，他輕輕鬆鬆就統統喊二。要不是頭家拉的緊，當場就有他看的。不過，我怕也要去吃幾年飯團去了。

「還是你，阿木哥，你好。淸淸閒閒的領月給，一家人不受風吹雨淋，眞是前生修來的福。我要不是有這間破爛店撐著，早垮了！」頭家說。

「嘿！誰不知道你發貴哥是大主兒？我領五年月給也抵不上你一年菸葉。」阿木伯哈哈乾笑兩聲，立起身來伸個懶腰：「唉——，回辦公室去了，不要人來找不到。阿壬，你等下過來拿藥。」

全盛叔也站了起來，拖著大冬瓜似的胖身子往門邊擠，金星哥連連打呵欠，拿起桌底下的草笠戴正，一面用手指摸了摸眼角。

「都要走啦？再坐會嚒！」頭家說：「就吃中飯了！」

「我在燒七十二度火，教大女兒看不放心，回去看看好。」金星哥說著摸摸嘴巴，跟著大夥出去了。

「你回過家了？」頭家給我一支菸：「你媽好嗎？」

「好！」

煙圈一個個飄起，慢慢地擴大搖曳。說呀！我告訴自己：事情反正得解決。但是眞該死，舌頭像有千斤重，轉了好幾轉都發不出一句話來。放大膽！沒有什麼可羞的。呀！是個堂堂男子漢嚒！我鼓勵自己，責罵自己，全沒用。我只能對著頭家吐煙圈，他雖然是表叔，畢竟不是爸爸，有求於他的話，眞難出口。但是想想順妹，想想那天誅地滅的媒婆潤德伯母，我膽氣突然一振。

「你和順妹好像很有意思，你覺得她怎麼樣？」

竟然是頭家先開口，於是我大膽興奮地把我們的感情、計畫，連張明亮的信都告訴了他，他靜靜聽著，不時點點頭表示知道。

「——我們想出去混一個時候，趁現在年輕多跑點路，也好見識見識事情……。」我將順妹的話搬上來，只有她讀過兩年中學的人才能說這樣彆嘴的話，這可不是我賣死力的粗大個兒說得好的。

「那你的意思是想先結婚，然後去跟張明亮合夥做生意不是？」頭家問。

「是的！不過先訂婚，等我事業稍有成就再結婚也可以，只要先把名份弄定。」我確實在害怕著，怕那不知名的傢伙。

「那麼你什麼時候會稍有成就？要是失敗了怎麼好？」他問。

「我們都年輕，還怕掙不到飯吃嗎？」我又搬出順妹的話。

「所以我說你沒有頭腦就是這樣。」頭家笑了：「你根本沒有思想，你用什麼方法養老婆，有了老婆又要養兒子的啊！水跟風塡不飽肚子，你拿什麼去換飯吃？賣力？自己都不知道餵不餵得飽呢！我沒有話講，一萬八千拿出來替你辦事大概還辦得到，順妹她爸爸可是死要面子的人，又是兩棟菸樓的大主兒，他會讓女兒跟你去喝西北風嗎？恐怕還要考慮考慮哩！」

我的心慢慢往下沉，沉向飄渺的深坑，就像第一次跳傘時，傘沒有開前一樣，一口氣堵在胸前，一時失去了聲音，也失去了自己，我不是沒想到這些，我只怕想到這些，總是樂觀地欺騙著自己。

「有一個辦法，你們婚後仍替我照管山裏，將來我將伯公背的幾分圃園給你們，你們改良改良可以種稻子，也可以起屋。順妹她爸爸由我出面給他保證，這樣大家都好，你看怎麼樣？」頭家問。

一口氣從胸口往下降，漸漸平順了。降落傘到底張開來了，我從心裏笑出來，綠色的大地在眼底打轉，有希望了。只是順妹會怎麼說呢？這眞是對誰都好。

「我總得敎她明白！」我自言自語地說。

五

對山飛雲寺的燈光在樹叢中明滅，師父夜課的木魚聲也隱約地傳送過來，一切顯得如此地平靜和安祥！

我傍著順妹坐在橋中央，興奮地述說中午談話的經過。

「我們先建間像樣的磚房，農暇時就回到我們的家，也好照顧媽媽。吃的用的有頭家供給……。」

我說著突然感到不安，她從頭到尾一點反應都沒有，我握著的手在輕顫。我停下來，正奇怪地打量她，一點熱熱的水滴滴在我的手背上。

「順妹——妳怎麼啦？」我翻身對著她輕叫。

她一動也不動地凝視著飛雲寺的燈光，很久很久才顫聲地說：「我很難受，我們——分開來算了！」

「我錯了嗎？」她的話使我大吃一驚，我惶惶地解說：「伯公背的圃地，我們可以改良成稻田，頭家答應要給我們，我們不是一輩子當長工的啊……。」

「不要說了，我知道。」她抽開手，站起身子低低地說：「我要回去了。」

「聽我說。」我一把拉住她，吊橋隨著我們的動作，咿呀咿呀劇烈地搖盪起來：「我是爲了妳，爲了妳爸爸才這樣決定的呀！」

「你以爲這樣我爸爸就會答應你嗎？」她站定身子，直視著我的眼睛，目光爍爍地發著火花：「我喜歡你，我不在乎別人取笑我嫁給當長工的，我也不在乎別人取笑我嫁給討飯的做媳婦，你想我爸爸會高興人家稱他是討飯婆的親家嗎？」

順妹的話像鐵棒當頭擊下，像尖鑽當胸透過。我頭昏昏地發怔，血液在血管中衝激沸騰。

「我們出去，你父親就會答應嗎？」我鬆開手，虛弱地倚著橋纜，我努力控制自己，仍止不住聲嘶顫抖。

「我不知道，但是我自己有主張。我心甘情願跟你跑，我也不拖累你，還有什麼話說呢？可是你，你誠心要替你頭家多找一個長工。」她從我臉上移開目光，低下頭忿忿地說著：「你爲了我好？你有沒有想到我的困難？我們住得那麼近，出入都要經過我爸爸眼底，你以爲我不顧一切跟了你，我爸爸會原諒我嗎？你教我怎麼去見人、去做人？」她說得很快，也很淒切，說完翻身就走，我心在急速跳動，吊橋像在不停地起伏旋轉。她的步子一步步全踏在我心上。

「等一等！」我大喝一聲，彈簧一樣衝出去。

她站住了，倏的翻過身子，站得直直地瞪著我。

「你要幹什麼？」她冷冷地問。

我感到她像不住的在生長高大，我要仰起頭來看她。

「我們出去吧！我答應妳。明天，後天，只要妳高興就走。」我哀求她：「答應我。」

她瞪著我目光漸漸柔和起來，她歎了一口氣說：「不要做自己不想做的事。我不願意強迫你。回去！你頭家會找到合適你的女人。記著，你我立場不同，不要再來找我。這樣對我好，對你——也好。」

她半跑的沿田塍奔去，很快就消失在菸田和黑暗中。

我追了幾步便頹然止住脚步，一下癱在路邊的石塊上，再也站不起來了。

我腦子裏一團混亂，我什麼也不能想，只靜靜地呆坐著，我忘了涼風狂吹，也沒有感覺到菸田飄出的辛辣味。我一直坐到如眉彎月升起，才拖著疲乏的身子回菸樓。

六

「貴叔，我決定要走了、」我把頭家拉進火場裏告訴他，順妹今天沒來上工，她有意避我，我明白她的性情。

頭家凝重地望著我，久久才開口說話。

「好吧！我不爲難你。你跟她怎麼辦？」他深意地說：「我昨天見到了老阿坤，我再沒有法子幫忙。他很頑強。」

「我和順妹也完了。我不能再做下去。」我說。

「呃？這樣也好！乾淨。」他說：「出去玩玩吧！但你得再幫我一個月，等菸期過去再走，我也好準備一點錢給你用。」

好！就再忍耐幾天吧！我茫茫然地點點頭。

「想開點，大丈夫該提得起放得下，還怕找不到老婆嗎？只要你有意，我一定替你物色。」他豪爽地在我肩上拍著，白白的臉上有著一股正直堅毅的神情：「我這裏需要你，這裏才是你的家。或三月兩月，或一年半載，玩厭了就該回家來。」

我眼裏不知何時儲滿了眼淚，經他肩上一拍，紛紛往下滴。我沒有見過自己的爸爸，我何曾聽過這種充滿慈愛又令人斷腸哀痛的言語？隔著一重朦朧的水翳，我們嚴肅地相互對望。

幾天迷迷糊糊地過去，今天摘菸葉又忙了一天，明天是小月的二十九，後天就是大年初一了。算算上場菸葉，整整燻了七天半。

順妹今天也沒上工，整天都像沒有帶著腦子工作一樣，這狐狸精眞能收人魂魄啊！我日夜都摔不脫她的影子，我不住地回想著我們在一起的許多事情。多少年了，我們從一塊兒放牛到一塊兒工作，從大夥兒到我和她兩個。往事，猶如一場好夢。夢醒了，她走她的路我過我的橋，我和你不同！這是她說的！本來嚒！誰敎我是討食婆的兒子呢？人家是兩棟菸樓的大主兒哩！

飛雲寺的燈光和鐘聲依舊，鐵線吊橋仍靜靜地懸在綠秀溪上。沒有熟悉的人影，我只獨自地憑著橋纜聽風聲，我也吹著古老的番仔調，讓那哀怨的歌聲隨風飄向菸田的深處。

七

爆竹聲密密地響著。頭家娘給我一大片豬肉和蒸熟的雞。我興沖沖地趕回家，我可以看到哥哥，好好地談談了。

「喲！帶了那麼多肉回來啊！」左鄰增祥嬸站在禾埕邊曬衣服，增祥叔正蹲在水圳旁宰雞，小孩子的叫聲不時爆起。我笑著一一招呼他們。

媽媽正低著頭坐在矮櫈上吃早餐，太陽光一條條從牆縫透進屋裏來。房子打掃得很乾淨，卻顯得格外的空蕩。

「阿壬嗎？這麼早就回來了！」媽媽抬起頭，瞇著眼看我：「你吃過早飯嗎？」

「在山裏吃了。」

我把東西掛在竹柱上，突然我全身一震，連手也忘記縮回來。

牆角上倚著媽媽的竹杖，破草提袋挨著竹杖放著；這是媽媽從前的行頭呀！難道媽媽她又——？

我一把提起草袋，倒出幾個甘薯和一包米，我突的忍不住大嚷起來了。

「媽！妳，妳怎麼又出去討東西了！妳要教我們怎麼去見人呢？」我忿忿的說。

「沒有吃的，你要我餓死嗎？」她吶吶反問。

「我上次給你五百塊呢？才幾天全用光啦？」我大叫。媽媽惴惴地望著我，好一會才負罪似的說：

「都被你哥哥偷去賭光了。」

這個畜生！這個廢物！我心裏大怒。我要把他撕成碎片，掏出心肝餵狗，這個該死的畜生。

「他呢?」

「誰知道他死到哪裏去了,兩天沒有回來。」

我扔掉草袋,衝出大門。我找他算帳去,我忍不下這口氣了。這是什麼該死的家庭啊!爲什麼偏偏出生在這種該死的地方呢?我反覆地對自己大叫。

我到鎮裏找到四眼狗德輝,也是個道地的敗類。

「昨天我看見他跟老大昌盛哥在一起。」他奇怪地打量著我說:「有什麼事嗎?我替你找去。」

「我自己去。」

我轉到鎮北昌盛家,背著淸水河的老屋,一眼就看出破落的景象。昌盛的兄嫂在辦三牲敬神,我感到心裏怒氣更盛。看別人家家戶戶在全心地準備過年,而我們——。

「阿壬找你哥哥嗎?」昌盛的哥哥冷冷地招呼我:「他們昨晚三點多才回來,還在後面閒間裏睡呢!」

後舍橫間裏,哥哥和昌盛一橫一直的睡得非常安穩。我一肚子火要爆炸了。

「起來!」

我抓住哥哥的前領,把他硬拖起來。

「幹什麼!幹什麼?」他睡眼矇朧地推開我的手,尖聲怪叫地爬起來:「什麼了不起的事嚒！」

「有話跟你說。」我把他拖向屋背河灘上。

「你瘋啦，你要幹什麼？」他不住地大嚷。

到沙灘上，我踢踢細沙，翻身一拳就把他打出六尺外。

「你這個混蛋，廢物！」我破口罵。

他爬起來瞪著我，臉上的肌肉在扭動在變形。

「好哇！你造反！」他大怒地吼著：「你找死啦！」

我看著他低頭疾衝過來，立刻向右側開一步，一下捻住他的頸往下壓，伸出右手在他屁股上使勁擂一拳，他向前一仆，爬不動了，我把他翻過來，抓緊衣領提起來。他驚懼地看看我，雙手抱著頭拚命掙扎。

「我要宰掉你。」我咬著牙，一下一下朝他頰上摑著：「你算人嗎？媽媽在挨家討飯，你竟有臉皮穿得一身光整在街上蕩，媽媽在吃蕃薯，你卻把錢拿出去玩樂，你怎麼嚥得下媽媽討來的東西哪？你這畜生。你乾脆跳淸水潭死掉好，你爲什麼還不跳下去？——」

我摔下他，朝他臉上吐口水。忽然肩頭被人用力一按，接著眼前一花，早就挨了一記重重的拳頭，昏昏沉沉地被擊翻在地上。搖搖頭，定神一看，昌盛和四眼狗一邊一個，正怒沖沖地撲上來。我滾了一個身，順手撇出一大把沙子。
「哎喲」四眼狗摀著眼睛蹲下去，我站定身子對著昌盛戒備，這個大水牛是出名的打手。
「你找死！」
他咆哮著一步一步地逼近：「老子要教訓你。」
「來吧！」
我衝上去死命一拳搥在他的臉上，同時自己肩窩一熱，全身骨頭都震動起來，這大水牛的拳頭眞夠重，來吧！憋了許久的氣，我全發在他身上了，這才是眞正的罪魁，膿頭。我不管自己挨了多少拳頭！我昏了腦子，狠命使出全身力量進擊。
誰抱住我的腿，我一下跌向大水牛，接著心窩挨一下，我就軟軟地躺在沙上了。大水牛和四眼狗上下壓在身上，我閉著眼等著拳頭落下。
「不要動他。」
耳邊一聲輕喝，我睜開眼睛看見是哥哥握住了兩個拳頭。
「夠了。」他說。
身上一輕，我滾起身來拍拍塵土。哥哥兩腿微開地站在面前，兩手插在腹部腰帶上，他兩頰紅紅腫腫地印滿掌印，我也左眼朦朧地看不清楚。肚子很難過，直想嘔吐。而且我們都不住地氣喘著。

人聲吵雜地滾向河灘來。哥哥朝昌盛和四眼狗點點頭，轉過來向我說：

「現在，我們回去吧。」

媽媽扶著竹杖在馬路邊眺望著，看到我們，又驚又喜地迎上來，她朝哥哥看看又朝我看看，驚叫地說：

「你們打架啦？」

「打了。」我說。

八

菸兒剩下頂上兩片葉子，再兩天一摘就完了。算一算日子，從做苗床開始，到末場菸葉摘掉，整整緊張了四個月。以後檢選、分等和包裝，可以讓阿錦哥去料理。

過年回去就沒再出去。工作班子照樣地做著，只是順妹不再跟著大家出現。從那天晚上以後，我再也沒有看見她，由貴香和新德他們口中，我卻不斷地聽到她的消息：鎮裏黃家相親啦！出去學洋裁啦！準備訂婚啦！我不動聲色忍著，男子漢大丈夫，滾你的好了。

老黑衝出車路上吠，我先看了一下溫度表，七十二度，正好烘乾大葉骨。

「回來，老黑。」我看到的是順妹的妹子富妹，提著一個小包袱站在路上。

「阿壬哥，姊姊今天過定，叫我把這個送你。」她說著解開洋巾放在桌上，赫然是兩塊禮餅。

我心狂跳著，有股怒火在燃燒。我壓制著，心亂如麻地問：

「你姊姊沒有說什麼嗎？」

「姊姊說裏面有東西給你。」她指著洋巾說。

「好，謝謝妳，也謝謝妳姊姊。」

捧著她的禮餅，我眞說不出心裏是什麼滋味。也好，一切決定了也免我老牽腸掛肚。我重重的呼出一口氣，如釋重負，又若有所失的坐在便床上發呆。

鐵爐裏木柴嗞嗞地燒著，這當兒溼木頭扔進去也能烘烘燒起來，我加上了一段大木頭，開大風口，烈火呼呼叫得更高了：

「你不要做呆事，我不會跟你出去的，聽我的話留下來，你只有在這兒才會快樂。我沒法不聽我爸爸的話，禮餅送你……。」

哼哼！我自個冷笑起來，她竟想送我禮餅！眞虧她想得周到啊！我眼淚都笑出來了。

吃吧！莫負她的好意！我狠狠咬一口，豆沙餡，餡是甜的，心是酸的，從口裏酸到心底。

去吧！少管我閒事！我勾開爐門，連餅帶信一併摔了進去，碰上爐門，我已止不住腦裏的血潮澎湃。

九

昨天夜裏十一點，最末一場菸葉熄火。一切都準備好了，給張明亮寫了信，回家看看母親和哥哥，晚上辭別頭家就可動身北上。

「你放心做事，早年我帶著你們兩個也沒有餓死，現在一個人還怕什麼？」媽媽的話在耳裏響起。

「有我呢？我就回磚窰去挑磚，養得起媽媽。」哥哥的聲音也接著響起：「不要瞧不起人，否則我可要找你眞正地再打一場！」

想到哥哥，我渾身都舒服了。我早該找他打一場的，眞沒想到一架把他打回了頭。想到除夕晚餐的情形，我又笑了……。

「你把我打得不能吃東西啦！」哥哥摸著臉頰忿忿地抱怨著：「那有弟弟教訓哥哥這樣教訓法的？」

「我不是你弟弟。」我沒好氣的頂他。

「好厲害，就像要吃人的那樣子，也不怕嚇死人。」他揶揄似的說：「你是當家，你有權利管我，我叫你哥哥好吧！」

「你不要得意，我就走了，讓你去當家。」我說完轉身對著媽媽：「媽！我菸葉燻完要出外做事去了。」

哥哥放下摀著臉的手，和媽媽一同注視我。

「你到哪裏去？」他問。

「北部。跟以前同隊的張明亮合夥做自助餐。」

他怔了一會，才突然想通了什麼似的，用堅定的口氣說：

「好吧！你去。家裏有我呢！剛才你那幾拳把我打醒了，使我想到了媽媽和自己。我們原打算出了年溜出去碼頭找快活的，昌盛認識許多弟兄，不時往來。現在，嘿嘿……。」他苦笑著收住話題。

「哥哥，不要嫌做工下賤。三十元一天的工錢你嫌少，一定要大把大把鈔票才賺，你怎不想想自己的身分呢？」我說：「做零工嫌倒架子。磚窰裏長期挑磚又嫌苦，你要做什麼好？」

「行啦行啦！」他笑笑說：「揍完了又要訓，眞要命！你可知道我有多苦悶？我們窮，沒有誰正眼看一下，做死做活地還餵不飽肚子——。」

他說著忽地打住，瞪著我奇怪地問：

「你好好兒替發貴叔照顧農場，爲什麼也要走呢？」

正如他說的：我苦悶，我寂寞，我沒法再挨下去。我告訴他順妹的事，這回他沒笑，聽完後嚴肅的說：

「我了解，阿壬。你確實需要換換環境。放心找張明亮去吧！以前有你在，我倚著你，你以爲我眞的不能自己站起來嗎？」他轉向媽媽：「媽！你怕跟我一起挨餓嗎？」

「三十幾年我沒有怕過，你們都知道自立，我怕什麼？」媽媽開心的笑著。

十

第一批伐木工人說說笑笑進山去了。老黑一直跟著我走上牛車路。回去吧！不知道哪一天才能再帶你去追兔子了。

「一路順行。」阿錦哥替我把包袱掛在車把上，低低的說：「明年菸期一到，一定回來啊！」

阿錦嫂眼眶紅紅地站在簷下，我沒看見財發伯，他昨天就對我流了幾次淚，不知道避到那去了。我們相處最久，我看著他頭髮變白，牙齒脫落；我也在他面前長大成人。我會回來，我不止一次對他保證，我不明白他爲什麼那麼傷心，我眞的要回來呀！

彎過山嘴，田園溪流全呈現在眼底。菸田空空的，只剩下密密麻麻直立的菸幹。菸芽高高地長起，一片粉紅的菸花浮在頂上搖動。太陽剛剛翻上山頭，把全谷照射得分外清新和明亮。過了今天，明天已在另外一個地方了；我希望張明亮能到車站接我。

過甲河，升上高高的河堤，朝前看去，左邊是矮小的山丘，遠遠地伸向煙霧瀰漫的龍山；右邊則是開闊的菸田一望無際，此時也大都剩下光禿禿的菸幹了。

回頭，山谷正浴在金色陽光中；田畝裏，看得見高高突出的菸樓，那就是順妹的家。熟悉的地方，寫意的生活，一切全成了過去，還想它幹嘛？我收回目光使勁蹬了兩下，單車飛也似的輕跑起來，前面是大馬路，我用力地蹬著。

菸田飄來的辛辣味好重，我眼睛都薰模糊了，掏出手帕拭眼睛，順手便拋向天空。她送的手帕，都去了吧！手帕飄呀飄呀飄的落在菸行中。單車越跑越快。

咿呀！今天菸味眞奇，我視線又給薰模糊了。

——原連載一九六四年七月四日《徵信新聞報》副刊「星期小說」欄

枷鎖

這些年來我的心一直停留在外頭，鄉間的許多人和事漸漸都已淡忘了。這次我回家渡春假，她也正好回娘家來，我這才想到，我們確有許多年沒有見面了。她那呆呆的先生這次沒有跟著她，說是磚窰裏事忙，脫不開身。於是，我跟她靜靜地坐著，聽她說了很多話。關於她的生活、家庭以及孩子們，她都有趣地敍述著。她現在已經有三個孩子了，兩女一男，懷中抱著的一個女娃娃說是還不滿七個月呢！對於她的孩子，我沒有興趣、也不願多去想他們。我已注意了很久，她懷裏的那個肥大的襁褓，半天都不見動靜，我實在懷疑她是不是健康的小生命。不過，我該很容易地猜得出，她靜靜癡癡地睡著，不也是很自然的事嗎？

我舒舒服服地靠躺在籐椅裏，聽她娓娓地敍述著。她抱著孩子坐在窗前，窗外青翠的香蕉葉子不時地隨風飄近她們，給她染上一種新奇神秘的色彩。她的態度仍是那麼文靜從容；她的聲音也同樣地優雅悅耳，一個字一個字輕飄飄地吹進我的耳裏。這就是我熟悉的阿惠——我們都這樣叫她。真的，生過三個孩子，我沒看出她有太大的變化，如果有，那該是她顯得更老練更懂事了。這點，我從她言談中聽得出來。

她很容易滿足，也很容易安於現實。她興趣盎然地說著她那呆丈夫的許多有趣好笑的言談和動作。神情眞像極了母親在炫耀自已頑皮的兒子。她沒有嫌惡他，她提到他時，帶著些疼愛和得意的神氣。他是幸福的，非常的幸福！至於她，我該怎麼說呢？她過得快樂、適意。那麼，她也是幸福的吧！生活的目的是什麼呢？人人都在求安適，如果生活確實僅僅地要求這些，那麼她不是已獲得了一切嗎？

她眞心愉快地在笑。我耳裏聽著她的聲音，卻沒法集中精神去將那一字一句拼成它們所代表的畫面。她不時的提起他，這個字我倒能感受，此刻我腦海中，也正在努力地搜捕著他的圖像呢！黯淡的牛眼大而突出，塌鼻子配上厚嘴唇；論塊頭，倒眞比別人高出半個頭，就是這個傻大個兒，一向就是我們尋開心的對象。他憨憨狂狂的，口齒不清偏又愛講話，言語粗鄙得令人感到噁心而又可笑。我曾說過他是個半癡，到現在我仍將堅持我這句話。拿這樣一個癡子去配一個美麗賢慧的姑娘，實在顯得滑稽和不倫不類。當初，我連做夢也想不到會有這種事情，何況這倒楣的姑娘又是我熟識的阿惠，而且她一度幾乎成爲我的嫂嫂。我曾痛心地爲哥哥抱屈，爲她抱怨；也曾暗咒那呆子的運氣，可是他們卻過得很好，誰也看得出，她紅光滿面，她知足，她安命，畢竟她才是幸福的。而哥哥呢？我苦笑了。

「你有時間請來我家坐坐好嗎？」她說：「他，阿丁常想念你哩！他時常說起你們以前一同玩牌的事。」

玩牌的事並不新奇，我已經不再憶起，我現在印象最深的是他和她婚後第一次回娘家時的情景。他真夠熱情，當他聽到我就在她娘家附近，他立刻就大駕光臨了。儘管新姑爺有派頭，西裝革履卻掩不住內在的蠢相，固然，他也盡可能地裝出斯文的樣子了。聽他說話，我深深覺得煩苦和悲憤，自然，我也知道不是他的罪過，可是我止不住心裏的厭惡。好容易他起身告辭，我把他送出門外，他回身朝我笑笑，擺了擺手說聲「嘟拜」。我聞言先是一愣，接著全身汗毛幾乎倒豎了起來。不知道他那裏學來這洋禮貌，出在他口裏，我噁心死了。真的「嘟拜」，我可不想再見他。面對著他，我受不住精神上的苦痛，儘管時間已經過那麼許多年了。

我實在很同情哥哥，那次的見面，他所感受的怕又比我深刻幾千百倍吧！想起哥哥，我也記起他的煩惱來，他曾整夜不停地跟我說到雞啼，他真的極不得意。我忍不住要跟她提起，提起哥哥和嫂嫂之間的困擾。她突然地止住嘴，也不笑了。好像所有的話就此全部說完。她用著莊嚴的眼神注視著我，在探視我是不是不懷好意。我許多話堵住接不上來了。我不知道經過這些年，她對哥哥也同樣不能釋懷，而我應該早就理會得出才對，她那半癡的丈夫怎麼能替代哥哥在她心中的地位呢？雖然她也盡力去愛著他了。她眞是個奇異的女人！我心裏暗歎。

我找不出新話題來，她也閉緊了嘴巴望著窗外的田園，空氣在我們之間凍結起來了。我不知道怎麼辦好。好在這種尷尬的局面並沒有太久，幾聲嬌嫩的啼哭掃除了所有的沉悶，我感到釋然，她臉上也重又現出了光彩。

「乖！乖！阿妹醒來了？」她輕輕地搖晃著，疼愛地說。一面掀開包巾，用著喜悅而又驕傲的神氣看著我：「你看過我的孩子嗎？」

我不感興趣地用眼角瞥了一下，可是我立刻驚奇得收不回目光來了。包裹裏，一個白裏透紅的小面孔在努力往外伸，兩個烏溜溜的眼珠精靈地向四外轉動著。

「這……這是你的孩子？」我呆呆地問。

「當然！你看她像不像我呢？」她笑著說。

我眞沒法比較眼前的兩張面孔。那些小小的有些發紅的五官，我分辨不出它們確實的形象，但是那對靈活的小眼睛，我認得出。

「我看她完全像你。」我說：「眞的。」

她開心得嘻嘻笑著，像小姑娘一樣。她把孩子抱得很緊，小娃娃怯怯地看著我，那眼光深深地刺痛了我的心。她不癡，誰也看得出，是個伶俐可愛的娃娃。同時，我慶幸著她繼承了母親而非父親的特質，而且，所承繼的是母親好的一半。

「她姊姊也像我呢！」她又說：「她最大，已經很會說話。不過那男孩子比較笨些，像他爸爸。你說男孩會不會全像他呢？」

我唔唔地應著，不知道怎麼答話。照我所學過的優生學定律，他們也可能像她，承繼她那壞的一半。但是我沒有告訴她。我逗著小娃娃玩，她咧開嘴像要笑，卻娃娃地哭了起來。

「她肚子餓想吃了。」她說著站起來：「我也該走了！」

我送她到門口，看著她走下小坡，隱進矮樹叢後才悵悵悒然地回身，我的心情可再也沒有先前的那份輕快了。

的確那對小眼珠引起了我很大的困惑和不安，我開始懷疑自己，而這以前我完全不知道她出嫁的情形。她的新家庭顯然是美滿的，雖然子女都可能有些癡癡騃騃，而這眞有礙於他們兩人之間的幸福嗎？只要他們知足！阿惠能抵償一切。更何況他們的子女並不癡騃！僅僅是個「可能」而已。那麼，哥哥失去了她，難道是眞正的不幸嗎？他現在有兩個聰明的兒子，可是他精神上不愉快，他跟嫂嫂合不來，他們同樣倔強，幾年爭持下來，竟然他先屈服了。他抱怨命運，懷戀阿惠，他卻從未跟我提起她，只要知道她目前的狀況，我能體會得到，他一定會無限懷戀的，而我相信他比誰都知道得清楚！如果他娶的是阿惠而不是現在的嫂嫂，他是否也將躊躇志滿，像那呆子阿丁一樣？我甚至懷疑，爲此而將哥哥兩個兒子去換阿惠那三個，是不是也值得呢？見過阿惠和他的小娃娃，我覺得自己都答不上來了。哥哥如果要埋怨，他應當先埋怨我，對他，此刻我懷疑自己究竟是不是一個罪人。

阿惠本身並沒有什麼不好的，我跟她小學同班，從小就一同長大，對她的性格人品沒有一樣不清楚。她是個奇異與衆不同的女人，誰娶得她都能得到滿足和幸福，我敢斷言，而哥哥更已看準了這點。以她配哥哥，沒有誰會不點頭稱羨的。哥哥同樣小學畢業就下田幫爸爸耕作，他們能互相景慕愛戀，不是頂頂自然的事情嗎？哥哥曾不只一次地自炫他不虛此生，那時他眞沉醉在未來的美夢中了。可是，所以造成阿惠這種完美的性格，卻有著令人頹喪的因素，她的母親亦是個半癡。憑這點，也就夠爸爸堅決地反對她了。

我眞不忍看他們那種絕望的神情。哥哥不住地跟爸爸爭論，可是爸爸毫不讓步。他求媽媽，媽媽也不表贊同，他仍不死心。白天，他和阿惠照舊一齊工作，他們倆都是我們這一帶工作班子的重要角色。但他們失去了往日的活躍，兩個人都心事重重。沒有多長的時間，我就駭然地發覺，哥哥已形容憔悴，他看上去既疲勞又緊張，我知道事情不能再拖下去了。

那天，他跟爸爸大大爭鬧了一場。傍晚，我偶爾經過擔水溪，又聽見他發怒時的狂叫聲。我順著聲音的來源往上游走，在我們吃水的水埤旁，我看見他站在大石頭旁激動地揮舞著兩臂；他面前，阿惠坐在石板上，頭低低地垂著，兩手蒙著臉像在抽泣。我悄悄地退下來，對阿惠，我很清楚，她絕不會跟哥哥吵鬧，等哥哥脾氣發完，他會回家來，阿惠也不容許他胡鬧。天黑後他回來了，臉色蒼白緊張，嘴角卻緊緊地閉成一個堅決的弧形。我看出他將不顧一切了。我寸步不離地跟緊著他，我完全認識我的哥哥，絕不會看錯！

果然，當他發覺沒法把我摔開之後，終於忍不住生氣了。他將我拖進他房間，緊閉起門窗，還一一上閂。我看他兩眼紅紅的，兇光閃閃，眞有點害怕。我退到牆底下，兩手把弄著圓木櫈戒備著。他這會兒卻像什麼也沒有注意到似的，低著頭在那裏沉思。

「我再也忍不下去了，阿明。」他開口粗暴地說：「我要帶她走，走得遠遠的，誰也找不到我們。幫幫忙，閉住你的嘴巴，明天我們就不在這兒了。」

我眞無法說出我心裏的驚駭。哥哥的性子如果不是那麼出奇地火暴強硬，就不會是完全像爸爸了。他說得出就眞能做得出，剛剛河邊吵嚷，可不是他在逼阿惠？

「你……你是說你們要私……私……逃？」我說：「你不要開玩笑！阿惠她……她敢跟

你跑嗎？」

「她會的，我堅持，她不敢不依我。」他說：「現在你出去，不要教他們看出什麼。我得快點理理東西，我不能讓她等我。」

「可是哥哥。」我說：「你們能到哪兒去呢？你們沒有多少錢，又沒有什麼技術。我看還是……。」

「你不要說了，我顧不得那麼多，有樹的地方就不會餓死鳥，何況我們是人！」他說。

事情看是不可挽回了，我也感到非常痛苦。一方面我覺得應當讓他們完成心願，他們深深相愛，我也喜歡他們，同時我卻又覺得我應當盡力阻止這事。我剛讀過遺傳學、優生學，我贊同爸爸的主張。我考慮著向爸爸求救，可是我沒動，內心深處，我還是偏向感情，希望他們結合團圓。

「那麼，哥哥。你眞的要拋棄家園。爸爸媽媽你全不要了嗎？」

「我很痛苦，阿明。我有什麼辦法呢？」他黯然地說，聲音沙啞著：「等事情過去，他們能諒解我們，我們就回來。要不，唉！」

「你實在無須這樣做的呀！爸的脾氣你又不是不知道，我怕他不會輕易饒你的。」

「事情本來就不必這樣。」他又發起狠來：「阿惠哪一點壞，要他這樣反對呢？她精明，能吃苦，性子又好。你說，我難道是瞎子看不出嗎？」

「一點也沒錯，哥哥。阿惠絕對是賢妻良母。爸不是反對她本身，他是反對她母親……。」

「又是她母親，她母親癡呆她可不癡呆呀！我娶她又不是娶她母親。」哥哥咆哮了：「她完全像她父親，你看不出嗎？」

「也不完全像。」我大著膽提醒他：「你想她那出奇溫順的性子怎麼來的？後天的修養？不不！依遺傳學說，她母親給的基因，她照樣不分好壞的承受了下來，你不能理會嗎？不要騙自己。那基因仍然保留在她身上。」

「是又怎麼樣？我喜歡她，她能使我幸福，這就很夠。」他紅著眼對我敵視著：「我不管他媽的什麼基因不基因，你別想拿書本壓我騙我，我不在乎！」

「這是定律，哥哥，我不騙你，我……」

「你也反對她，我知道。你們全是一鼻孔出氣。」他說：「她爸爸已經沖淡了她媽媽的壞種子，我會再沖淡她的，你看不出她跟她媽媽已經大不相同了嗎？我們的孩子再也不會有那種壞特質，它會被消滅，就是這樣。你敢說不是嗎？」

「不錯，這種壞特質可能消失，卻不是你說的那種消滅法。照你所說她的兄弟應當也跟她一樣呀！可是阿坤他們怎麼樣？是不是等於她母親的翻版呢？」我說：「這種特質很可能永遠也不能消滅。照比例，你們如果生四個孩子，其中就可能有一個像她們外祖母，或是更多個。甚至每一個都承受一點，變得癡癡呆呆，你能忍受這些孩子嗎？我跟阿惠也是好朋友，我不應該說她的壞話，可是我是爲你好呀！」

「爲我好？爲我好就該贊成阿惠！」他暴躁地說：「如果四個中有一個呆子，我就生三個。」

「哥哥，別傻了。如果這三個正好是十二個中壞的三個又怎麼樣？」我苦笑說：「別想你們逃出去會得到快樂，離開親人和家鄉，你和她都會很痛苦後悔，何況台灣那麼小，又有多少地方讓你們跑呢？聽爸爸的話吧！」

我沒想到這話對哥哥打擊那麼大，他像是攔腰挨了我一棒似地緩緩癱進籐椅裏，巨大的手掌蒙著臉在呻吟著。我寧願他能大哭一場，可是他不，只這麼一會兒，他又堅定地站了起來，臉色蒼白，神情卻很鎭靜。

「我不會讓她等我，我們會快樂。」他說：「請你不要再恐嚇我，沒有用的。」

他迅速地將衣服用物一件件放進旅行包中，不再答我話。我知道再說也沒用，歎口氣我離開了他的房子，他卻很快地叫住了我，我們對望了好一會他才說：

「不要生我的氣，阿明，我也沒奈何。幫幫忙，不要聲張，我會一輩子感謝你。」

我點點頭回我書房裏，打開書卻怎麼也定不下心看，爸爸媽媽在前庭跟鄰居有福伯他們談笑，我心緒亂紛紛的，在考慮自己究竟是不是該幫他們奔逃。不錯！我答應過他，但是只要眞正對他們有好處，我仍願意當個罪人。問題是怎樣才算是對他們有好處呢？讓他們就這樣去？

感情熾熱的時候像火，但是不須多少時候就會變成灰燼。現在他們全熱昏了頭，只想著完成心願滿足慾望，卻怎麼會想到他們將爲此付出的代價呢！我願意他們詩樣地結成夫婦，像我們大家所祈求的一樣，有情人終成眷屬。可是我不願意他們爲此付出重大的代價。幸福不止於哥哥他本身，他有責任顧慮到第二代，當這熾烈的火燃盡之後，他們全都會痛苦悔恨的，何況我根本懷疑他們此舉會得到幸福！那麼，此刻我沒有昏了頭，我該讓他們去嗎？開頭的難過是免不了的，但是我相信，幾年後他們全會忘了這段往事！爸爸並不是沒有理由，我也知道自己該怎麼辦了。半夜裏哥哥開門出來的時候，爸爸正坐在籐椅上等著。

逃亡事件失敗，哥哥整整地哭鬧了兩、三天，情況就如同一陣暴風雨一樣，全家幾乎都翻覆了。兩天後他平靜下來，又靜靜地回到了他的田地上，眞的，發洩盡了心中的苦悶他反得安寧了。他沒有再見到阿惠，她父親將她送到鎭裏親戚家去，要她待在那兒學洋裁。有人向她父親提親，很快就說成了。

哥哥和她幾乎是同時訂婚的。爸爸不放心哥哥，也即刻替他進行婚事。女方家世好，才貌也跟阿惠不相上下，哥哥沒堅決反對，事情很快就如我所希望的，各走各的路，我暗暗爲自己的決定高興。可是，當我聽淸楚阿惠的對方就是那曾跟我打過一陣子牌的呆子阿丁時，我眞驚呆了。我已記不淸如何找到阿惠的，我在許多女孩子的眼光下將她拉出洋裁店，焦急地告訴她我所知道的阿丁。她卻搖搖頭，平靜地表示她一切不在乎不過問，全由她父親去決定。我找哥哥，他的反應更是冷冷淡淡的，我眞恨起他們的麻木來了。雖然這以前我巴不得他們變麻木，但是阿惠畢竟也是我的好朋友，我們有著深深的情感，我總不能眼睜睜地看著她上當。

「哥哥，那個阿丁是個呆子呀！我住在姑母家通學的時候，常跟他們那一夥人玩牌，那傢伙是人家尋開心的料子，你怎麼能讓她……讓阿惠去……唉！這不是開玩笑的事呀！」

「我能怎麼樣？是她爸爸看上人家的財產，獨生子，有些憨憨直直容易管。我能去打死人家嗎？」

「才有些憨憨直直？那傢伙根本就是個白癡，你最少也去告訴阿惠，止住她啊！天下那麼多男人！」

「沒用，阿明。」哥哥說：「她現在不會聽我的，你想沒有誰支持她，她敢反抗她父親嗎？」

「混帳的阿錦貴，瞎著眼找婿郎！」我怒氣沖天地咒著：「你去支持她，你們逃走吧！我幫你，我有一千多元，連學費你全拿去，爸爸總不會殺死我！」

「太遲了！」哥哥歎息地說：「我已經試過，她現在連話都不跟我說。由她去吧！這是命運！」

「我的老天！」我絕望地暗叫。我難過卻又忍不住地要去預想她未來的日子。我不敢想像他們的孩子，她是不應該有孩子的，在這樣的先天條件下，這些小可憐將會有什麼好結果呢？我沒有將這些念頭告訴哥哥，他正出神地望著前面青翠的田園，是不是他也有同樣的想法呢？我也沒有問他。以後他們相繼都結婚了。

我比誰都淡忘得更快，功課迫得我放棄一切的思想，鄉間我無法聞問。尤其近幾年來遠遠留在異地，在花花綠綠的都會裏，有的是歡樂與迷醉的生活，我哪有精神去回憶這許多瑣事呢？突然地由阿惠和她的孩子再勾起了我這段回憶，可是我不再爲她難過了，她過得滿安適，她是個天生幸福的女人。至於她的孩子，我也深爲她高興，只有那個男孩子受遺傳的影響，能不說是上天的垂愛嗎？那麼，該是我對不起哥哥了。然而他也有兩個逗人疼惜的小寶貝，有鄰里稱賢的嬌妻。怪只怪嫂嫂太能幹了，她也不會像阿惠那麼聽話。我曾聽哥哥抱怨：

「我娶她來幹什麼的？難道要她來養活我嗎？能幹有什麼好處？」

相同的情形下，我不知那呆子阿丁是否也受到這種壓力，不過他的運氣好。在阿惠溫馴的性格下，他當會心安理得的，而且我根本就懷疑他也能感受到憂悶和苦痛。

我迷迷糊糊地想著，比較著嫂嫂和阿惠。嫂嫂使哥哥感到忍受不住，是她眞不如阿惠嗎？或是她跟哥哥根本上就合不來？如哥哥只有阿惠能使他幸福，那麼可能我眞就成了罪人了。兩個陽剛的性子不能相合，必須要有個陰柔的，於是哥哥軟化了，他感到不得意。我忽然想起我們以前說過的一段話。

「你以爲我眞怕她嗎？阿明？我只是不願意跟她鬥。死女人，理也理不直。算我命歪碰著掃把星。」

「修理她！讓她聽你的。」我記得我曾經這樣開玩笑地建議。

「沒有用，我氣起來也打過她，爸爸媽媽全不管，結果呢！唉！打傷了還得服侍她，而且她還不是照舊？求平安只好不理她。」

我慢慢想開了。走到窗前，越過香蕉叢外，太陽光正明亮地照射在田園上。再過去，高大的山巒起伏，由深綠到淺藍漸漸伸向遠方。哥哥不得意是因爲他跟我我們大家一樣不滿足。他愛嫂嫂，不忍違拂她，但是他又懷念阿惠，希望得到他夢想中王子的生活。感情跟願望的衝突使他痛苦，這就是人生的枷鎖吧！誰教他不是一個天生幸福的人呢？那又是誰的錯？我也不知道了。

——原載一九六五年五月二十四～二十五日《中央日報》副刊

石罅中的小花

廟前那棵老榕樹又抽滿新芽了。淡淡的檀香不時隨著輕風飄散著。巨大的榕樹，扶疏的枝葉，從懂事以來就沒有發現過它有什麼不同。春天時，他們在樹底下打玻璃珠；榕樹子熟了，他們騎在樹枝上盡情地吃著。老廟祝阿財伯的吆喝，小夥伴們的歡笑，一切猶在耳邊，二十年時光卻眞的流過去了。

一切都沒有變動，全是自己所熟悉的！誰能眞正忘掉這些童年的夢呢？再過二十年三十年，自己仍能一眼就認出它來。

他已經忘記這樣站了有多久！浴著暖洋洋的太陽，瞧著牆上揹葫蘆的老神仙，石柱上斷了一枝角的石龍，眞有說不出的恬靜和歡愉的感覺。只有這時候他才能回到無憂無慮的生活中去，才能眞正地想起母親的形像來。看那樹底下孩子在打混戰；遠遠母親背後藏著小竹枝偷偷走近來，模樣是那樣的眞切清晰！他幾乎想叫起來了。稍一定神，一切又都消失。陽光照在身上，那些斑斑剝剝的小面孔卻全是陌生的。

這些夢境已經好久沒有再遊歷了，它們像是好幾個世紀以前的故事，像是他從書中看來的，他熟悉它們，卻跟它們全無關係，夢終歸是夢，它與現實是多麼不相同啊！他不願意回想，不是嗎？他曾忿忿地立誓要忘掉過去的一切，包括著酸、甜、苦、辣。

六年了，離開了這夢中的家園，他從來沒有打算回來，也不願意回來，他原是懷著滿腔仇恨離去的。多時飄蕩的生活磨淡了他的心志，長期的寂寞令他心靈感到空虛，他有時也會覺得厭倦了。想看看他的舊巢，也想看看他所不願意見的人們，他大大方方地回來了。六年來的辛苦沒有白費，他到處遇到敬重的眼光，有他熟識的也有他陌生的。這些不就是多年來發誓要爭取的嗎？是的，他要得到的都得到了，可是這究竟還存有多少意義呢？他不明白了。

如今，他站在家鄉的泥土上，聽著鄉音，看著鄉人，反而覺得連方向也迷失了。大榕樹只是他童年夢裏的一景，現在它已屬於那羣花面孔的小孩子們了；父親，是屬於那個家庭的；貞，那個唯一愛護他照顧他的女孩子，已經是揹著孩子的媽媽了。他還有什麼呢？只有遠遠天邊的工作才是他的，現在想起來，那不也顯得那麼渺小嗎？

他忘不了多年來心中所存的怨恨和報復的心情。恨使他堅強，他拚命折磨身心，用苦痛來忘記自己的悲憤。然而又有什麼值得這樣仇恨呢？可是他卻一直生活在這強烈的恨中。是的，他恨那女魔王——他嬸娘，恨她的毒辣；他恨父親，恨他的懦弱；他也恨母親，恨她狠心。

那年他八歲，母親一病去世。接著他也病了，發著高燒，他迷迷糊糊地飄上了天空，他看見母親滿臉笑容來迎接他了。正當他高高興興奔向母親去的時候，她卻狠心將他推入了黑暗的深淵。

「阿英哪！妳把他留下來吧！」夜靜了，院井外父親和祖父的聲音交替地呼著，一遍又一遍，聽起來那麼的淒厲可怕，陰森森地令他毛髮都豎起來。他沒有死，母親畢竟撇下了他。

「媽——，看看妳的孩子！他在受著苦呀！」當他感到孤苦的時辰；當他流浪在外面，躺在公園的長椅上望著星星流淚的時候，他不知道在心裏呼喚了幾千百遍。他怨母親，恨母親，然而母親知道嗎？如果眞的她在地下有知，就不應該留下他受苦呀！哦！媽媽狠心。

「你媽媽不放心你，怕你被別人欺侮，她多慮了。」祖父時常對他說：「我要看著我家小流涕長大成人，有一口氣在，誰也不能欺侮你。」

母親眞的藉仙姑說話嗎？祖父深信著，他也深信著，母親的過慮不是眞的成了事實嗎？

「娶不娶在我。」父親也忿忿地對別人說：「我決心不娶，哪來什麼後娘欺侮他？」

他不知道父親當時是不是說的氣憤話。只四年光景，他的磨難就來了，從祖父去世之後，他更加痛苦寂寞，他懂得眞正的苦了。父親在變，變得怯懦柔弱，只有躱在桌角喝悶酒的份，一句話也不敢多說。他感到家裏天天有暴風雨在形成，隨時都可爆發，他始終提心吊膽，這些都是那女魔——嬸娘進門後的成績啊！

「你早就該滾，滾出去死在外頭！」

六年了，這句話一直在他耳邊響，聲音尖銳惡毒，深深地鑽入了他的心底。這就是離家時那女人說的。

痛苦的日子特別長，他一天一天無望地挨著。冬天缺水，他淸早起來要擔滿水缸然後上學；夏天蔗園甘蔗長大了，他又得先剝完一擔蔗葉才得吃早飯。細細的蔗毛扎在皮膚上像火在燒著，在葉面上築巢的小藤蜂，叮得他地上打滾。他一聲不哼，他滿不在乎。恨意在他心中成長，他恨他看見的每一個人，他反抗了。他打架，偷東西，用最惡毒的話罵人，他計畫著要殺死嬸娘生的那兩個小雜種。他要對整個社會宣戰，他有這個蠻勁。

然後貞出現了，他是鄰人順昌伯買來的養女。他天天在蔗園碰見她。他對她百般侮罵，把蟻窩強塞入她衣服裏，把草蛇偷藏在她笠子下。她默默的忍著，似乎能忍盡天底下的一切痛苦。那次他將沙撒進她眼裏去，她伏在地上哭，他終於後悔了。她沒有父母，卻有大量的母愛，他還記得她稱他「可憐的孩子」時的神情。兩個孤獨寂寞的孩子，很快就結成朋友，他們彼此相依著。有了她，他把一切都看開了。她大他幾歲，卻像母親一樣地照顧他，衣服破了替他補好，釦子掉了替他釘上，有委屈可以向她傾吐，他將依附在祖父身上的情感，全部轉移給她了。他們一同笑，一同哭。

「忍耐！到你畢業就好了。」她一次又一次告訴他。多天眞的想法！一心等著初中畢業，夢想著考上高中遠離家庭，有這麼容易的事嗎？畢業典禮完畢，他高高興興的回到家裏，犂耙鋤頭擋在門口，牛綁在石米臼上。嬸娘兩手抱胸站在厨房門口瞪著看他。

「要吃飯就得要工作，不做給別人吃也得做給自己吃。現在好容易書也讀完了！下午犂蕃薯。」

冷冰冰的聲音，這也是一個人說的話嗎？一雙球鞋一個包袱，出去討飯也走大馬路，這已不是他的家。當天他就從極南滾到極北，一點也不後悔。

廟公阿財伯從屋裏出來，站在簷底用手遮著日光朝外看，有意無意地對著孩子們吆喝兩句。

「不准爬上樹去。嗨！又打架了！」

阿財伯步子已顯得蹣跚，那年他扳斷了柱上的龍角，阿財伯能從莊尾追到莊頭把他捉住。十幾年的歲月，阿財伯已被促成了這麼一個糟老頭！而且自己不也完全成了大人嗎？他感慨地上前招呼著當年祖父的老夥伴。

「是小流涕呀？昨天我就聽到你回來了。」阿財伯瞇著眼，上上下下地朝他打量，他祥和地咧著嘴笑，聲音有些激動：「還想得到回家來，很好，人不能忘記家啊！忘家的人沒有用，你阿公從前也常常這樣說。你沒有忘記你阿公吧？我還記得他那樣疼你，什麼東西都留給你吃哪！」

老人嘮嘮叨叨地像在自語，他的神情那麼莊穆，像已沉醉在回憶裏了。他突然想起了祖父，當他在向他說話時，不也是這種神情嗎？他感到眼眶癢癢，阿財伯的容貌也模糊起來了。……

樹叢依舊青翠，小徑蜿蜒於亂墳間，一切都是熟識的，他可以憑著意識指出那處有草莓叢，那個轉彎有岩石。可是祖父的墳墓再也找不到了，那個地方換了一個新墳，一個他所不知道的人，他悵然地走動著，懷念著這個一度曾是他躲避苦惱的樂園。傍著祖父的墓塚，他可以感到恬靜和安全，就如同祖父仍在身旁保護他一樣，天上白雲飄動著，眼底田園遠遠在山底下，偌大的山丘，再也沒有誰來打擾他和祖父談話。他也不辭辛苦地經營了一個小花圃，繞著祖父曾開出許多美麗的花朵。一別數年，荒草早將花圃湮沒了，只剩石坎底下一點紅影晃動。踢開雜草，竟是一朵小小的雞冠花，短小的花莖羞怯地半藏在石縫中，也只有這種花能有這樣的生命力了。環顧四周，已是最後的一株。

多堅強哪！這株小小的花朵。他感動得坐在石上，注視著面前神奇的生命：那麼長的時間，跟周圍頑強的敵人相持，不知道它已經過幾個世代了，春天生長開花，年終萎去，可是它早已孕育下它的下一代，等著第二年的春天的到來，只要給它一個稍好的環境，它們不是又將繁衍開來，長得跟以前一樣茂盛嗎？看！它花冠下端，一點點鼓起的花瓣中，育滿了花子。堅強的小東西！

他輕輕地彈下花子，小心地包好了放進胸口。

得給它們一個好的園圃，它們將再開出燦爛的花朵，是的，它們不久將要有好的環境了。

「進去喝杯燒茶吧！」阿財伯拍拍他的臂膀，他順從地跟他走進他那黑暗的小房間。這原是孩子們的禁地，每一個孩子都曾渴望著去探險的地方。眞沒想到它竟如此地雜亂和骯髒。更有一股刺鼻的霉氣，使他想起當年敲石子時睡的閣樓，六、七個男人身上和脚上發出的惡臭。他幾乎想退出去。但是看著阿財伯龍鍾的背影，他高高興興地在烏黑長板櫈上坐下了。比起自己的家，這裏到底溫馨多了。家，對他眞是陌生得可怕！

「你還認得路嗎？」父親一見到他就粗暴地吼起來。從他顫顫地嗓音裏，他分不出父親到底是激動或是生氣。

「你這個不肖子。」他瞪著他罵。

父親蒼老多了，眼球滿布血絲，酒氣撲鼻。他感到很對不起父親，他是個大大的不肖子！是的，長長六個年頭，他就只寫過一封信。那是到台北第二天寫的，寥寥幾個字。他不是忘記了父親，只是他在困苦中不願表露出來讓別人知道，有幾次他含著眼淚給父親寫信，想告訴他他是如此的孤苦，每次都在投入郵筒前狠心撕碎了。父親罵得對！大不肖。

「斟剩的神茶，喝了王爺保佑你平安。」阿財伯說。

粗瓷茶杯內濃濁的茶葉冒著白煙，他喝了一大口，苦澀得教他皺眉。神茶！還記得那年的大病，祖父也是從這裏抓了大把的仙丹回去，泡在開水裏要他喝下去，那是什麼味道已經忘記了，祖父含著淚水的臉孔卻仍清清楚楚地印在腦海上。

「你阿公從小跟我穿同一條褲子。」阿財伯慨歎地說：「今天你們當子孫的能出頭，我也代他歡喜。兩手空空出去，排排場場回來，眞不容易哪！」

是的，不容易！整天握著大槌在河床上打石子，手掌磨破了，流著黃色的血漿，槌柄黏住了手掌，一時還剝不下來；深夜裏，整個城市靜悄悄地像個死城，而這正是他忙的時刻，夥伴們踏著笨重的貨車，徹夜做廣告牌樓，四周都是些粗魯的談話與動作，言語隔閡和個子矮小，開頭不知受了多少的欺負與戲弄。一年又一年，他咬緊牙關堅忍著。工作使他忘記往事，疲勞會帶他入夢；手掌磨破了會重新長起更厚的皮來，環境使他長得更加壯大碩健。要想出人頭地必須要努力，必須要有特出的技能，離家的目的不是要打石子。憑著他的幹勁，日日夜夜他抽空學習原就有點基礎的洋文。

人生的際遇眞是神奇的。採石廠將他介紹入廣告公司，他所學的一點東西竟然用上了。天天翻看洋文雜誌，參考西洋廣告術。前面的道路漸漸平坦了。

一年前，他接洽一筆大生意，主人正忙著，他隨手拿起一本洋文書，等到主人注意到他時，他已看得入神了。身穿工裝，滿身油漆味，他和主人談了兩個鐘頭，他第一次跟別人談到自己的身世。

「我們正要用人，你想試試嗎？」最後主人很滿意的問他。誰說不願意呢？憑著這一句話，他改變了整個的生活方式。

「你在外面做過許多工作是嗎？現在做什麼？」阿財伯又替他斟滿茶杯。

「做過採石工、夥計、學徒。」他心不在焉地回答著：「現在做外銷宣傳工作也替律師做翻譯。」

「宣傳工作——？翻譯官？哈！那是很好的工作！」阿財伯說：「家裏你習慣嗎？」

「是吧！」他遲疑地點點頭。

他始終沒有感覺到那是他的家，從一進大門就覺得自己像個客人，家人比外人更顯得陌生隔閡。

「你的弟妹，順全、順德你還認得嗎？再下去是順蘭、順安。」父親指著牆邊幾個大小蘿蔔頭對他說，接著朝孩子們瞪一眼：「叫大哥。」

「大哥！」四張嘴一起張動。他心都給叫慌了。我的弟妹？我連想都沒有想到過！那邊，他看到嬸娘正站在廚房門口對他呆望著。衣衫仍然那麼硬挺，髮髻仍然紮得那麼結實。歲月並沒有替她留下多少的痕跡，跟父親對比起來，父親顯得多麼衰老呀！他平靜的心開始激動起來，他難以抑制渾身熱血的沸騰。這是恨，他淸楚的知道，一股生根久積的厭惡。

「你回來了！」她努力地堆起了笑容。

他咬咬牙想翻身衝出屋子，但是當他觸及父親那雙充滿企望的眼神時，他苦笑了笑忍住了。

「是的，我回來了！」他說：「嬸嬸。」

時間會沖淡痛苦的回憶，經過這許多年來的流浪，原有的仇恨和報復的願望，已經顯得那麼渺茫不可即，一時激動過後，感到長久的鬥氣眞是幼稚和可笑了。値得費那麼大的代價嗎？父親老了，需要平靜的生活。

「我知道你恨死我了。」嬸娘背著父親對他說：「我也知道自己做得太過分。我欺負過你，因爲我恨你。你對我不好，是不是？從我到你們家來之後，你不是處處跟我做對嗎？我們相鬥，是我錯，我比你大。」

嬸母哭了。他不作聲地聽著。

「那時候我比你現在大不了多少，我沒唸書，也不懂得做人。我也是不得已才跟了你父親的。」她擦了擦眼睛又說：「現在你也長大了，懂得多了，我不敢希望你能原諒這個不會做人的後娘……。」

「嬸嬸！過去的事情不要再提它了。」他打斷她的話，很平靜地說：「讓它過去吧！」眼淚又從她眼裏冒出。他們算是初步諒解了。

父親很高興，他和四個小蘿蔔頭大聲鬧笑，嬸娘在旁邊也笑瞇瞇的。在父親，這是很少有的現象哩！他們對他說話都很客氣，絕口不談過去的事，怕再引起心中的陰影。他像是家中的貴賓而非一份子。不是嗎？這個家庭他是多餘的了。他不能長時間夾在那裏，那樣他會破壞一個家庭的氣氛。父親同時是那些小蘿蔔頭們的父親呀！

只要父親快樂！而他確信自己能替那個家庭製造新的愉快的氣氛。是的，他要補償自己的過失，父親是那麼地疼他。

阿財伯仍不住地在問著，他一一地回答他。望著老人滿面高興滿足的神色，他覺得有種說不出的親切感。

「對啦！你也該成家了，你阿公若在，早就替你想到了。」阿財伯說：「家鄉可有看得合意的？還是家鄉的姑娘好哦！」

不錯，貞就是好姑娘，該稱貞姊嘍！可敬的姊姊。

在村道上遇見她，他幾乎不敢認了。她帶著一個小女孩子，剛剛能跨步走路。

「聽見你回來，我高興死啦！」她說：「我不敢去找你。我……結婚了。」

「恭喜妳，貞」他說：「——姊。」

「你終於出頭了。吃了很多苦是嗎？」她愛憐地問。

他苦笑著展開手掌，十根手指又粗又大，捋起袖子，臂膀上的肌肉一股股地怒奮著。它們全盡了力了！

「辛苦了，辛苦了！」她紅著眼睛喃喃的說：「我一直在替你擔心，五、六年沒有你一點消息。我還當是見不到你啦！天有靈，讓你平安回來。順弟！你眞有本事！」

「沒有什麼！貞姊。」他抱過她懷裏的小孩，一面逗著她一面問：「你們過得好嗎？」

「還可以。她爸爸就是德貴，石崗上的，你還記得嗎？」她笑笑說：「你來玩好嗎？我們常常談起你哩！」

「謝謝！我明天就走，看見妳，也就好啦！」

「什麼時候再回來？」

「我也不知道。離得那麼遠。不過總會回來看看的。」

小女孩在他身上左右地扭動著，還好奇地抓他的耳朵。

「她很像妳。很像！」他說。

她像她，她也會是個好姑娘。他對著阿財伯笑了。

走出王爺壇，迎面一個小女孩跑過來，是——順娣，他的妹妹。

「大哥，你到哪裏去了？我找你半天了。」她氣吁吁地說：「媽要你回去吃了晚飯再走，還宰了雞呢！」

「走吧！我們回去！」

太陽已靠近西面的山頭，但是趕末班車出去，時間仍是充裕的，回家吃晚飯去吧！

——原載一九六五年五月《聯合報》

送行的人

太陽斜斜地掛在前面的天空，光熱卻依然夠強。熱氣從地面上蒸起，汗珠沿著額角流下。眼前看見的，盡是一片光的世界，夾帶著一絲絲隱約的陽燄。路面燙脚的泥土，鬆鬆地，隨著我們走動的身形，捲起一陣陣黃色飛煙。斜斜地越過路邊的稻田，吹向山底。

大地靜寂，脚步凌亂的落地聲蔘蔘地擾人心神。沒有哭的行列，也沒有送行的隊伍，伴著我們四個人的，是身旁漆得通紅的香杉棺木。再後面，四個緊緊追隨的是等著接班的夥伴。路很長，夠走半個多小時。小婦人壓在肩上，走久了也顯得眞沉重。嬌小的軀體，平平穩穩地躺在木棺中間，我們四個人抬她，不是出嫁的坐轎，不是蛇咬了出去看醫生，我們是將她扛到路的盡頭，牛山的塜埔去。

汗水流過脖子，穿過衣領直流向肚凹裏去。沒有誰開口說話，我們都不是專門替人扛屍的，可是七、八天裏，我連扛了兩次，兩個年輕的女人，半瓶巴拉松——農藥。可憐的小婦人，一件發黃的粗布白被單蓋著，兩、三處大塊補綻，近我身旁幾塊銅錢大的污點，赫然是紅色的血跡，就是她最後嘔出的心血?血色褐褐已近淡黑，底下露出的棺木卻通紅鮮豔。

我們全是鄰居，零散地分住在這狹長的谷地裏，總合起來也不過十幾家，好事壞事全脫不了關係。七、八天前，有福哥家的愛哭妹來叫幫忙，我們扛走了廟裏的那個年輕的小尼姑。我們是賺了工錢的，一個人三十元，白板釘就的箱子，長長地，方方正正。也沒有人送行，幾個老尼姑在後面遠遠地跟隨著，裝出毫不相干的模樣。我們放開腿向前半跑，哄哄嚷嚷地像在趕熱鬧。

路邊老婦人帶著孫兒放牛，拉拉扯扯地躲向竹叢的後面，小橋底下幾個玩水的小鬼，驚叫一聲向四方逃開。

「莫怕莫怕，我們扛的是臘肉。」狂阿番一路見人就耍戲著高叫。我們的確都很輕佻，大家不住用毛巾拭汗，嘴巴全咧得大大。

「年紀輕輕什麼不好做?當尼姑！」

「我早知道不是什麼好貨色——吃農藥，多幾條命也死得掉。」

「死害人，扛得一身臭汗。」

「莫嫌啦！三十元一下午，不壞。糧草貴，多幾次我也照扛。」

「阿彌陀佛，佛祖要怪你。」

「眞可惜，隨便嫁一個老公不比這要強？」

「怎麼？你捨不得？我們不扛了，索性讓你揹回去好吧！」

哄然笑著往塚埔跑。小尼姑，外鄉人，在塚埔燒成了灰燼。毛巾全溼透了，汗水仍不住地流。現在，我們將妳，阿桂，也要埋進土裏去了。白薄板和紅香杉，我們卻誰也沒有心情再開腔說笑。

「他媽的，怎麼這麼熱？」狂阿番又在嘀咕。

天氣其實不比昨天更熱，我想是他心裏太沉悶。說眞的，我們誰不是想到他便悵然難過呢？一年十二個月，她，阿桂跟我們大家在一起的日子幾乎有六個月，突然地，我們就扛著她上山去了。

她家裏只有她嫂子春香挑著三牲祭品走在前頭。她兄嫂照規矩不能送她。她娘家傳一個話過來，忙著分不開身。也是的，死都死了，來又有什麼用？何況兩家早就交了惡，早就看破了呢！春香眞為她哭腫了眼睛，兔死狐悲，其中甘苦，也只有她們自己才能眞正了解。至於那個老新丁，她的家官，整天都低著頭。去他媽的老不死，假疼假惜，我們鄰舍全瞎了眼嗎？想到他，我忍不住詛咒。香杉棺木是他防老的，倒眞捨得給兒媳婦！

我可寧願裝的仍是他自己而不是阿桂。雖然，他要重得多，我仍會有心情說幾句笑話。

阿寶，遠遠在外島，就算他接到電報馬上趕回來也趕不及來送她，他只有到墳前去哭弔了。凶死的不能留，老新丁，他爸爸的主意。眞的！吃農藥，倒有多重大的傷心事想不開呢？她應該想想阿寶，他再半年就退役回來，忍忍不就過了？而且這種日子已經挨過了兩年多，眞的就挨不下了嗎？

不是人過的日子，我知道。我們大家換工做活，除開蒔田割稻，做菸葉工作也照例包一頓午餐。我們每一家都輪著吃，只有她們劉家的工作各自回家解決。

「眞難爲他兒子媳婦過得下。」我阿發他媽媽說的：「山裏竹筍出來，三餐是竹筍，薑出來吃薑，幾個月不知油腥味，唉！省也不是這樣省的，聽說不時的還撮點鹽下飯呢？」

十多個大男人做工，桌中心一大碗的蘿蔔乾，兩大碗黃橙橙的大麵，蕃薯葉子是白煮的，連盤鹹魚都沒有。我聽說過，加這兩碗大麵是她們當媳婦自己擠出來的，看她們那歉歉的眼色，我不願計較，大家也不說什麼。可是加上劉新丁那老東西的嘴臉，可就眞令人噁心和厭惡死了。猴頭老鼠耳，長年紅通通的三角眼，不是瞪媳婦就是喝孫兒，那孤獨自私的形相，我看見就有氣。說句狠話，這老東西死掉發了臭我也不看一眼，想起當年爭水的恨氣，我還想敲斷他一身狗骨頭哩！還說要做他家的活，吃他家的飯？忍來忍去，還不是山寮裏人手少，放個響屁大家都聽得見！而且，他兒子媳婦都算老實，同是受老鬼的氣，再說，我也喜歡他們，尤其是最後進門的阿桂。該死的不死！唉！阿桂，現在扛的偏偏是妳。

我家阿發昨天夜裏十二點多回來，村裏做秋福在演布袋戲，我以爲他吃了豹子膽，敢在半夜裏吵醒我！可是我眞不相信，她，阿桂這就吃農藥走了。白天裏，她跟我們一同割狂阿番家的稻子，在阿番家吃過了夜飯才各自回家的。她早有準備了，我們全沒有發現她一點反常。妳，阿桂，整整一天裏，妳心裏究竟想著些什麼念頭呢？

本來她就不太跟人說笑，總是靜靜地聽別人的時候多，碰見面，怯怯地對人一笑，眼光歉歉然的惹人憐惜。我們這些粗心的男人眞沒有特別去注意她，我們不時提起小尼姑的自殺，談得很高興，自然，帶著輕薄和幸災樂禍的口氣。我眞服她那鎮定的神色。我記得她也曾咧開口笑過，是她那特有的，怯怯中帶有些勉強的笑容。阿桂，妳把死當做了什麼？好好安睡一大覺？

她確實很平靜，躺在床前地面上，兩眼閉得緊緊。她嫂子春香已經替她梳洗過了，看上去清清淨淨地，像是新轉門來的新嫁娘。我們幾個用麻繩絆著她的手脚將她移進木棺中。大鐵釘是我打進去的，我感到有說不出的黯然。我覺得對不起她，卻恨我們都有許多無可奈何的事情，我知道違背本心，可是偏偏就沒有勇氣去實現心意，我應該要告發老新丁！

對她們這些當子女的，老新丁確是個惡魔。眞的，我很難相信他還有一點人性，這不近人情的老東西。她們劉家應該不會太窮，有這不少的田產收入，可是看她們住的吃的和穿的，我看不會比要飯的強多少。老鬼愛賭，村子裏許多人暗叫他救濟院長，他死握著所有的收入，高高興興拿去救濟賭博的人，對自己的子媳，偏偏就那麼刻薄。連生了病，想向他要一點錢都得先挨半天罵。從來不買菜，卻要她們像牛馬一樣做著。這種日子，眞教人難挨下去！可是他是老子，一切得由著他。

丈夫遠在海外，孩子不幸在兩個月前也死了，在這種環境裏，沒有一點安慰。妳，阿桂，妳走這絕路我們都能了解妳的心情，但是，他劉家如果當敗，要應在妳身上可眞太冤枉啊！妳前世到底欠了他家多少債？要來這裏受苦？

家官打兒媳婦，只有在她們劉家才聽得見。在我們，這是個罕有的大新聞。老新丁打阿桂！我們全山區都替她不平。

「老短命的，天下少有！」我阿發他媽媽忿忿然地說：「孩子病得要斷氣了，罵爛了嘴唇才拿出五塊錢，要當什麼用？阿桂想捉兩隻雞出去賣，竟用掃把轉頭抽她。這老短命的，天下只聽家娘教媳婦，有他老鬼的事？孩子病成那樣！雞還是她辛辛苦苦養的哪！」

孩子拖了一個星期就死了，老東西口口聲聲死不了，今天一樣明天一樣，盡找些草根木頭屑治他。我阿發他媽媽看得眼淚都滴下來了。

孩子睡著，嘴巴不時地張開來像是要多吸口氣似的。母親有如什麼都看不見，她進進出出地連看一眼都不看，我眞爲這小婦人的狠心而驚心。

「妳帶他去看醫生。」我阿發他媽對她說：「先到我們家來，我有幾百元先讓妳用用。眞不要誤了他啊！」

她看著我們，眼淚突然地就充滿了眼眶。我心裏不舒服，留下女人跟她細說，我聽見她帶著重重的鼻音的聲音。

「他命不好！活著多受可憐氣。」她說：「誰教他不選好人家？他阿公說他醫過這種病，不必花錢，讓他去醫吧！」

孩子的死她竟像毫不在意，她沒有像我們想像的那樣大哭大鬧，天天仍跟著我們到處做工，只是神情比以前更沉默了。我代她難受，我以爲年輕人究竟體會不出悲痛的滋味，誰想到她竟然一切全已看破？抱定了一死，倒又有什麼值得再悲痛呢？

昨晚她劉家沒有誰聲張，我跟我阿發他媽媽卻想了半夜心事。我家稻子已熟過了頭，鳥雀天天偷吃得很兇。今天，她原該幫我們收割的，但是今天什麼事情都得暫停下來。阿桂！我們得料理妳的喪事。

「死得乾脆！」我阿發他媽媽讚賞地歎說：「這種日子過著沒多大意思。」

「婦人之見！」我不安地罵她：「她丈夫就將回來，怎麼好輕生短見呢！死就死了，多冤枉多不甘心噻！」

「丈夫回來了又怎樣？老鬼不死，一切都不會變。」她說：「阿寶敢反抗他爸爸？哼！這種日子，還是死了清心。」

「豈有此理的說法！」我說：「這裏不好妳不會回娘家去？找個好人再嫁，好日子長著不是？她又長得不難看，還怕沒有人要嗎？」

「你呀！你什麼都不知道。女人嫁出去就像潑出去的水，回娘家，骨頭才輕哪！」她說：「爹娘不歡迎，哥哥嫂嫂鄙視，比死更慘。嫁？嫁誰？不是死了妻子的就是八十歲老猴子，笑就讓人笑死了，值得嗎？」

不論怎麼說，這樣死總是不值得，總是太便宜那老東西，可是我偏偏找不出話來駁倒阿發他媽媽。恨只恨當初錯嫁了人，連一個縮脚的機會都沒有。阿桂！是妳前生欠他家太多的債，我沒有別的解釋。

風吹起來了，塵沙飛撲，打得我們全睜不開眼。破被單讓風拋開來，拍拍響著朝我頭上蓋落。旁邊翔飛哥猛拉一下，仍把它蓋住通紅的棺木。我朝他苦笑笑，他兩眼無神地看了我好一會兒，沒有表情更沒有笑意。

他應當是頂不安的一個人，農藥是他給的，他是自殺的幫兇。他很恐懼。在良心上和法律上，他都自覺有罪。我與他同扛一條木扛，他的不安很明顯可以看得出來。

「我真不知道她會走短路。」他重又喃喃地申辯！像對我，又像對他自己：「她說要噴高麗菜，菜心被蟲吃得很厲害。她不好意思地笑著，說得那麼像真的，你能不給她嗎？」

「我也會給她！」我淡淡地安慰他。

「她不應該怪我！」他又拉了一把被單：「不是我不對。」

「她沒有怪你。」我說：「你不要亂想。」

旋風從身旁捲起，帶著草屑和沙塵，越旋越大，然後突然地消失。旋風，人家都說是鬼風，阿桂，她不能怪我們！

翔飛哥又開口了，刻滿辛勞與歲月的臉上罩上一層厚厚的憂慮，強烈的陽光和滴滴汗珠全遮掩不住。

「她吃我的毒藥死，我有罪。」

他真有罪？我不太清楚！可是我相信他不應該負責任，真正的罪魁是那老東西，人是他虐待死的，該由他償命！除了這老鬼，自然還有許多人都該受罰，她的父母、媒人，甚至她那還在海外的丈夫，全是兇手。錯誤老早以前就鑄下了，她嫁過來那天，一切已成了定局。

「那新娘子眞漂亮，可惜嫁到這種人家。」我阿發他媽媽在她結婚那天就跟我說：「他爺娘也眞狠心捨得啊！」

瞎眼的父母和黑心的媒人，他們知道錯誤了可以縮脚絕交。女兒是潑出去的水，丈夫旣沒本事帶她出去生活，只好讓我們扛著上山了。雖然，我憤慨她死得太冤枉太不值得，我卻沒辦法替她求取什麼補償。老新丁那老鬼當坐坐牢，就這樣放過他我可眞不甘心，那太過便宜他了，惡人要現世報，可是惡人經常地比好人過得更舒服，這是什麼天理呢？警察向我們鄰舍打聽她的家庭和生活。

「很好！我不太清楚。」

我照阿發他媽媽的話說了，不要怪我，阿桂，我良心大概也死絕了。我恨死了自己，恨所有可恨的事物，更恨那眞正殺死妳的老東西，而我卻替他掩飾，像大家做的一樣。

我想好好揭發老東西虐待死她。孩子他媽媽說的：生人對死證，誰會相信我？兒子媳婦畢竟是他自己的人，要我外人多事？我的穀子已經過熟，鳥雀吃得很兇！

「我情願扛那老賭鬼，他偏不死！」前面狂阿番終於還是說出了心裏的話。這個狂阿番妳是熟識的，心裏有什麼說什麼，否則也不會稱狂了。他許久來就一直爲妳，阿桂，恨透了那老東西和妳的家人。我們會有機會扛他的，就是明天我也願意。穀子嗎？由鳥雀再去吃一天，留下來還是很多。不不！我想錯了，我雖然會很高興可絕不扛那老東西，留著臘乾，或是讓他兒子揹到塚埔去。

汗水已溼透了我的上衣，太陽眞烈！我覺得走這段路比我揹穀包還苦！現在，阿金哥他們趕上來接班，塚埔在前面已不遠了。妳，阿桂，讓他們來抬妳去吧！我覺得很對不起妳，卻只能在心裏替妳抱屈替妳怨恨，我們這些全是沒有用的人。

他們說死人不可以和生人說話，妳陰靈或也要回來，妳要閉緊嘴巴，不要多問。我，我阿發她媽媽，還有所有的鄰舍們都會明白妳的心意，妳本來對誰都好。自然，我也知道妳平素是不會多說話的。見了誰，妳仍笑笑好了，我想笑笑總該不要緊吧！

我們會跟在後面送妳到塚埔：前些天我們跟著小尼姑是爲了放火，現在我們雖也爲了要掩埋妳，可是，我感覺上，阿桂，我們才是眞正的送行的人。旋風又捲起來，妳如果眞在裏面，妳會看出我們的心意嗎？

被單拍拍掀起了一角，現出的是一片赤紅。風沙又迎面向我們撲來了。

——原載一九六五年八月十九日《徵信新聞報》

竹叢下的人家

我不喜歡阿乾叔，他是個最沒有趣味的人。跟他在一起就好像你自己一個人獨處一樣，他總是自顧自的，連睨人家一眼都懶。絕對沒錯，誰都知道阿乾叔是個懶鬼，不上工的時候，誰都可以在他床上找到他。肚皮上搭蓋著一條又黑又臭的被單，床頭斜倚著他那管粗大的竹菸筒。其實，說他不上工的時候睡覺已經很不眞實，他差不多每天都躺在床上。有時田裏活兒眞忙不過來，鄰居炳金伯他們都會請他幫忙，卻也要三請四請的才肯勉強出門。有次我們的厨房漏水，爸爸要翻掉重積的舊茅蓋新茅。我一連跑了五趟才將阿乾叔請出來幫忙，他卻隨身帶著隻布袋，當天就借了兩斗米回去。我記得很淸楚，他把屋頂翻掉，新茅還沒有蓋上去就停工不做了。我去找他，他躺在床上，說是身體不舒服，無論怎麼說都不肯起床了。害得媽媽中午做飯時打著傘遮陽，確實把阿乾叔狠狠毒毒地咒罵了一陣。我已忘了最後是怎麼收拾的了，大概是大舅舅抽空替我們蓋上屋頂的吧！他就是這樣的人。他可以一天不開口，你跟他說話他頂多嗯一聲應你，很少一次用上兩個字。

「這個人已經沒有用了！」每當談起阿乾叔時爸爸總是這樣歎息一、兩次。聽說他跟我們家還有點親戚關係，爸爸說，年輕時他原是個篤實認眞的工人。帶著工作班子到處包攬工作，那時爸爸可還是個大孩子哩！

「這個人終要睡死。」媽媽這句話我也聽得發了膩：「只可憐那婦人家和兩個孩子。」我倒不覺得有什麼可憐的，當阿乾叔一動不動地躺在床上睡著的時候，阿乾嬸就坐在門邊短木頭凳上，也是一動不動地注視著地面，有時則摘著蕃薯葉子弄點吃的。她也在屋前後料理蕃薯園，有時還上山割些竹筍出莊子裏換些錢米。不過，我看她跟阿乾叔一樣，也是在屋裏的時候多。她不愛講話，但她會朝人笑笑，浮腫的臉孔使她的眼睛都成了一條縫，黃牙個個連牙齦一齊往外突出。我最怕跟她面面相對。那會使我感到非常不自在。我總想像著自己面對著一團稀軟的腐肉，頂上長著髒亂的毛，當中開了一個紅色的大洞。我很不願意進他們的屋子。

他們的家在山坳底下，前後都開墾出來種了豬菜，有些時媽媽也來買他們的豬菜，那是我們的田裏揷了秧，自家的園子豬菜吃光的時候。很多鄰居們都來買他們的，可惜不夠幾天就賣完了。

「全都懶。沒田沒地，山排上空地那麼多，賣豬菜就可以賺幾個月的伙食。」媽媽每每對別人說：「何用這裏借一筒那裏借兩碗的呢？種那麼一點園子，還任雜草包圍著。眞是。……唉！這家人！」

斜斜的快要倒塌了的破茅寮。幾根木棉樹支撐著，差一點後屋緣就觸到屋後山壁了。爸爸說過阿乾叔是個很好的工匠，我不知道他爲什麼不重蓋一間屋子。難道連自己要住的屋子都懶得蓋？或是他眞病得不能動？

「兩公婆牛那麼壯！那裏病？全懶！」這是山區大家都說的話。這樣說來，連病也是沒有的了。

我去找阿菊和阿財古的時候，我不必到那黑漆漆有怪味的屋裏找去，我只要沿著他們屋側竹叢往前走準就找得到他們。阿財古比我大一歲，又黑又傻，個子矮矮的像猴子。阿菊大我三歲，卻比阿財古更矮更難看，但她精靈古怪，我不討厭她。他們永遠都在弄東西吃。田裏偷得到的，山裏找得到的，河裏捉得到的全都弄進肚子裏去，從動的兔子到魚蝦，不動的蕃薯包黍酸藤葉和木棉花嫩棉房。跟他們在一起眞有說不盡的新奇。他們有時生吃，有時用烤用煮。我們的遊樂所就在竹叢的盡處，濃密的竹蔭底下，一塊荒廢的山田上面。

那一大片地面寸草不留。地面鬆鬆的是些黃色的乾泥粉。三塊燒得漆黑的石頭架成的灶上擱著一個大奶粉空罐，一些柴枝乾草。另一邊有捕捉竹雞斑鳩兔子用的棉繩和竹弓。一條淙淙流水的山溪，正從這田坎下流過。我是偷偷跑來找她們的，只要媽媽不知道，我一寫完作業就往那邊玩兒去。尤其是與炳金伯家阿苟子他們敵了人以後的那段日子。

谿谷夾在兩邊的高山之間，一邊是濃密的竹叢遮著山風，只有沿著小溪望出去可以看到山谷出口和外面遙遠莊子裏的菸樓。我們的地點高高地在人們頭上，就是有人從底下小溪邊的路上走過去，他們也不會看見我們。那次，我跟媽媽來買他們家的豬菜，我偶然發現他們這個地方。那天他們正好捉到一隻大田鼠。阿財古三下兩下就把田鼠全身黑毛燒了個乾淨。阿菊很快就把牠弄下他們的鍋裏去，火燒得很旺，我雖然還沒有來得及嚐兩塊老鼠肉就被媽媽招了回家，可是我立刻喜歡上他們和他們這個地方。我隨即加入了他們的野食隊，只要學校一放假，我能很快找到他們。他們不反對我加入，因爲我也常常弄些東西給他們，像玻璃珠橡皮圈等，有時候還有媽媽蒸的蘿蔔糕。他們讓我分享每一樣食品，澀澀的木棉花嫩棉房，土窰裏烤出來的包黍。只有一樣東西我看了就害怕，那就是白水煮出來的大蝸牛肉。滑溜溜的盡是黏液，我摸著就打顫，他們卻吃得非常有味。這很令我感到失面子。回家後我偷偷也煮了兩隻，放在口裏才嚼三、兩口就吐得我幾乎斷了腸子。那股味道，眞不是人吃的。甚至，我不知道蘿蔔也能烤了吃。誰想得到呢？絲瓜茄子花生全下了土窖。

阿乾叔和阿乾嬸似乎從來就不管阿菊和阿財古。他有時上工有時睡覺，其他什麼都不知道。阿乾嬸則依舊靜坐著看地面。阿菊阿財古也從來不提他們的爸爸媽媽。我覺得他們比我自在得多了。

那次，我們很幸運捕了隻好大的兔子。我們的鍋絕對擺不進去，於是由阿財古結了個大土窖，阿菊升火找柴枝，我把兔子全身糊上一層厚泥漿，大家忙得團團轉。阿財古傻氣，但是捕捉野味眞有本領，我不能不服他。

「都是我阿爸以前教我的。」他告訴我，歪著頭傻笑著：「下大雨後，我還會捉鱸鰻呢！」

「你阿爸以前常捕兔子嗎！」我問他。

「呵！以前我們捕過大花鹿大山豬哩！」

「現在不捕了嗎？」

「哼！我阿爸要睡覺。」他說完轉頭看著我們烤著兔子的土堆，樣子好像很哀愁，但他隨即又笑了。

「我阿爸睡夠了覺，他還會帶我去捕花鹿。他說過的。」他轉頭告訴我。他很有信心，我也替他高興起來，到那時阿財古可就神氣了，比我跟大哥去打鳥還要神氣，氣槍只能打斑鳩，而阿乾叔他們捕的可是大花鹿啊！

兔子終於擺在厚厚一層的薑七葉子上了。黃橙橙的在冒著煙。阿菊和阿財古已經等不及動手扳著兔腿撕了下來，那股香氣引得我口水大口大口的直呑。這麼大的獵物，還是我們第一次弄到的呢！

「來吃啊！」阿菊叫我。

「我們……我們不叫妳阿爸他們來吃嗎？」我問她。

「要吃他自己會下來！」她不在意地說，並大口地嚼了起來。我再也忍不住撕下了整條兔腿。

在這竹叢底下，沒有比這次吃得更舒服的了。我們沒有醬油也沒有鹽。但是那半焦的兔肉確實也不用再要這些了。只是沒有告訴阿乾叔，背著大人吃下了那麼大一隻兔子，我總有些不安。

「妳阿爸沒有下來吃過妳們的東西嗎？」我問阿菊。

「他睡起來沒有東西吃時就會下來。」

「妳們弄什麼給他們吃呢？」

「呵！他什麼都吃。我們有什麼就給他吃什麼。」

「蝸牛肉他也吃嗎？」

「爲什麼不吃呢？就是他教我們煮的！」阿財古插進來：「他好會吃，一次要塞好多東西哩！」

「有一次我們烤一隻竹雞，又肥又大，他一個人就吃光了。」阿菊說：「我們只好烤甘藷吃。」

「妳媽媽吃妳們的嗎？」我又問。

「不！她要吃她自己會煮。」阿菊回答我。

太陽當頂時，我雖然不想回家去，卻也不能不快走了。沒有趕回家吃午餐，媽媽會剝我的皮。媽媽認爲我已經野得夠剝皮了。而阿菊和阿財古永遠不會爲這事煩苦，不管早晚，他們都能夠安閒自在地閒躺著戲耍著。兔肉脹滿肚子，這時我眞不能不羨慕他們的生活了。

「妳們不回去吃飯嗎？」我問。

「家裏有什麼好吃的！不是豬菜葉子就是竹筍。」阿菊不動心地啃著剩餘的兔骨。

「不過，有時也有米飯和鹹魚。」阿財古說。

「哼！什麼時候才有？」阿菊反駁。

「管他！肚子餓了我就回家吃飯。」

我看他們姊弟頂嘴，滿心驚異，他們的家眞令人想不透，好像各人管各人，眞有意思啊！忽然我聽見媽媽叫我的聲音隨風飄來，雖然不清楚，已夠驚得我跳起來拚命跑了。我可憐的小腿肚和屁股又要倒楣了。

我眞的很難不想到竹叢下有趣的食物和玩伴。就是在教室裏上課時也常常心思遊到那山谷中去。特別是幾陣大雨帶來山洪，也帶來鱸鰻的時候。我不知道我買給阿財古的那十一枚岩釣魚鈎有沒有如期捕到鱸鰻，我巴望著星期天。也巴望星期天媽媽不要再派我拔草的工作。

阿乾叔家好像也有些變動，那是支撐斜屋的柱子又多了幾根。門口大石頭上用牛繩綑著一頭小豬胚，聽說是阿菊的外婆送給他們養的。連豬欄都沒有，只好用繩子綑起來。阿乾嬸又多了一樣餵豬的工作。阿財古說，他媽媽很不願意餵豬，說是太辛苦。我奇怪我媽媽爲什麼能一下子餵八條大豬，我從來就沒有聽見她說過餵豬會辛苦。自然，我們有兩、三間的豬欄。還有一點變化我也看出來了。阿乾嬸在屋前園子裏摘豬菜的時候，我發覺她太肥了，兩脚有米臼那麼大，整個臉肥得腫起來，皮膚是金光油亮的，但是我更覺得她那個模樣令我打顫。後來我才知道，原來她不是眞的肥，是病了。

有一天，阿乾叔又來借米。說是阿乾嬸唸唸地想吃白飯。我聽見爸爸量米給他後在倉房裏跟他說的話，爸爸在罵他哩！

「……這樣是不行的。誰有那麼大的能力長期接濟你呢？你如果借錢爲了做生意，借米爲了上工，一斗八升我可以幫忙！」爸爸的聲音，並不嚴厲：「你卻是借去吃了睡覺的。不要說我，誰都會不肯的。」

「……身體不好……。」是阿乾叔低沉的聲音，隔著一層壁，我聽不清楚。

「睡會睡壞，做不會做壞，你沒聽老古人說的嗎？你是睡得太多了。」爸爸的聲音：「像現在，飛山寺請零工伐草，輕輕的工作。人家招你多少次你都不去，三天兩斗米，一家不是就有暖有飽了嗎？零工……」

「……做了整輩子的零工，做不春光。……」又是那低沉的聲音，好像在抱怨，在申辯。

「零工不做，做不春光。睡覺就睡春光了？」爸爸的聲音突然高起來，我像挨罵似的嚇了一跳：「零工難春光但可以飽一家大小，人不可倒了志，懶了骨。誰願意養你一家人？我們也是粒粒出汗換來的，不是偷的不是搶的哪！自己先想想，不要一餓了就想向人家求借。頭俯低些，努力做呀！能這樣，我可以先給你半月十日的糧草。再這樣下去，你要借不要再來找我。我窮哪！」

「唉！……」

「屋破成那樣不整理，老婆病子，腫水腫到這樣你還不理，做人就要有一點人性。阿乾！」爸爸說，很生氣：「不看在姨婆小時恁疼惜我，我今天也不跟你說這種話。你回去好好想。最好下午就過飛山寺去幫忙，那裏短人手，到處在招人！」

「……」

我沒聽見阿乾叔回話。爸爸的聲音又溫和了，像在勸慰什麼一樣。我收拾好彈弓就溜出了書房，我知道爸爸生氣後的脾氣，被他看到我就一定派給我一些煩人的事情，我可不能傻等。

走上牛車路後我才回想爸爸的話，阿乾嬸病子，那麼阿菊阿財古將有弟弟可抱了。那樣的家，有了孩子到底要擺在那一邊呢？哈？我越想越有趣，這事可得跟阿菊和阿財古說說。山谷那邊，白雲正在山腰飄動呢！

他們不在竹叢下，但是鍋內赫然煮著三條鱸鰻，兩枝碗頭粗的木柴正在灶裏燃燒著。田坎下，小溪裏水聲嘩嘩，雨季來溪水漲多了。我爬下石坎，阿菊和阿財古全泡在湍急的水裏朝我大笑。我心中大樂。

溪水非常的涼，濃濁湍急，石頭是滑溜溜的。我們跑到上游，躺下身子任水流沖下來，眞舒服透了。阿菊跟我們一樣，衣服脫得精光，我注意到她跟我們男孩子不同的地方了。那是很令人驚奇的，但是沒有誰說什麼，也沒有別的人到這河邊來，我們也就沒有感到不自然。阿菊告訴我，他們每天都在這裏洗澡。我倒希望我每天能跟他們這樣在清涼的溪水中玩水呢！

「妳知道嗎？」我告訴她：「你媽媽就要生小孩子了。說不定是一個弟弟哩！」

「管他！」她拍著水花應我：「生出來也養不活，都死掉好幾個了，每次都一樣。」看她的樣子毫不動心。每次都死掉？我不由打了一個寒顫。我覺得水冷了。阿財古突然想起鱸鰻，於是姊弟兩個急急忙忙的跑出水面拿起岸上的衣服一披就爬上田坎去了。

那天的經歷實在有趣，只可惜挨媽媽那一頓竹絲眞痛，只要炳金伯不多嘴把游水的事說出來多好？其實跟阿菊一起游水沒有什麼不對，阿財古不是天天跟她在一起洗澡嗎？還有那一整條大鱸鰻，想起來還會流口水呢！但看情形再難去吃那麼許多東西了。爸爸媽媽同時給了我命令：以後絕不准再往山谷裏跑。沒有理由！爸爸只說常玩會使成績退步，不過，其實我怕的還是媽媽的竹絲，而且我找不到機會。大哥大學放了假回來，可玩的事兒也多著呢！

阿菊和阿財古會到我家來，我很驚奇，他們原是很少離開他們的山谷的，更不曾到過別人家。原來她媽媽生了孩子，來借兩瓶米酒。我捉空兒問她：

「孩子是死的嗎？」

她點點頭，輕輕的：

「生下來就死翹翹了。」

我想像她們的破屋子，肥腫的阿乾嬸，死了的小嬰孩，陰溼，悶臭。我又打寒顫了。

傍晚媽媽去看他們回來就直歎氣。

「屋子幾天前塌了。就在竹叢底下生產，晚上，要下雨來，怎麼好呢？」媽媽苦惱的說：「我們又沒地方要他們來暫留。腫得眼睛沒有縫，好在卻輕易就生下來了，沒有死掉！」

「阿乾這個人也眞是！早說那屋子……」爸爸也無奈地說：「這倒怎麼好？」

「還不只這樣呢！一條豬胚三十多斤了。沒錢用要賣，你知道這些人出價多少嗎？一百塊錢！」媽媽忿忿地說：「太沒道理了！」

這天的晚飯所談的都是這些話題，我一聲不響。天色整日都陰沉沉的，不正是有下雨的樣子嗎？我知道我們煮吃的地方的那片竹叢夠濃密，小雨要很久很久才能透過。如果是大雨呢？我也不會想了。

第二天阿乾叔很早就來叩門。他在門口跟爸爸低低地說了幾句話就走了。早餐大家都沒開口，吃過飯後爸爸就跟大哥一道上鎭裏去了。走前只說了一句話：

「禮拜天，不知道辨不辨得出來。」

媽媽沒有接腔，默默歎了口氣。我卻快被悶壞了。我只感覺到，這事一定跟阿乾叔有關。趁著媽媽不注意的空間，我又自由地溜了出來。

竹叢下阿菊和阿財古仍在燒火煮些什麼。我最先看到的是竹叢底下草席上破被單蓋著的人。原來他們的家都搬到這裏來了。

「妳爸爸在睡覺？」我問阿菊。她笑笑回答說：

「是我媽媽呢！」

「爲什麼把頭蓋起來？冷嗎？」

「不！」阿菊攪動鍋子，這是眞的鍋子和鍋鏟了。

「你要不要看我媽媽？」阿財古傻傻地笑著問我。他走近草席邊，我也跟了前去。我看見阿財古掀起的被單裏阿乾嬸的臉。塌塌的鼻子幾乎全沒入腫起來的面頰裏去了。眼珠灰灰的，從深深的小縫裏瞪著天看著，散亂的頭髮交纏著頭頸。那黃黃的牙齒特別的觸目驚人。

「死了呢！」

那傻阿財古的話冰到我心裏，我感到身子很重，兩脚軟軟的快要站不住了。眞冷的風，我勉強挨近火邊。我不敢背對著草席，那令我覺得後頸陣陣寒氣逼人。我又不敢面對草席，那灰白的被單橫在眼前不能不看，一看見那被單就想起那腫腫的面孔。等我陣陣冷意稍過以後，我爬起身頭也不回地飛跑了開去，回到家還感到身上一陣冷一陣熱的呢！

這以後我沒再去找他們，根本不要媽媽禁止我。有時我也很懷念他們，但是想起竹叢下草席上躺著的人，我再不願到那個地方去。那張面孔，我永遠不能忘記。

我所感到最遺憾的，是我沒有看清楚那天那個眞的鍋子裏煮的是什麼，雖然我在灶子前蹲了很長的時候。聽說阿乾叔搭了間山豬寮，他仍日夜睡著。而且睡得更穩當了。屋前後已不種豬菜，他也不再到我家借米。

我很想念阿菊阿財古和烤兎肉。山區裏大家都說著相同的一句話：

「那個懶阿乾，他早晚會睡死的。」

——原載一九六七年四月《台灣文藝》第四卷第十五期

夜歸人

誰？

女的聲音有些模糊，卻也透著些許憤怒，還夾雜著驚悸的味道。

「誰？」

女的聲音高起來，驚悸的情緒突然顯現出來了。她已走到門後邊，可以猜想出她說話時一定推緊了木門，將耳朵靠在門縫間，門後邊有支三寸方木條，這時可能已抓在她手中了。

「到底是誰呢？半夜三更……」

「小聲點好不好！我嘛！」

「你？你是人是鬼！」

「幹妳老母！妳老公的聲音都聽不出來啦？」

門後面的聲音沒有了，門外男人等著。路燈照在他半邊面孔上，顯著十分不耐煩的色彩。男人身材相當的高壯，這時看著卻像混身軟綿綿不帶半點力氣，背微駝著，就好像連脊椎也鬆散開來了。他的小包袱擺在門檻上，一手支著門框。許久，卻沒有聽到開門的聲音。男人試著推了幾次，每次都嘀嘀咕咕地。那臉色是越來越僵硬了。

「幹妳老母！」

男人最後輕輕罵了一聲，彎腰提起包袱。就在這時卡答一響，門栓被拔脫開，木門鬆開一條縫，男人順勢閃了進去。門在身後關起，男人丟開包袱，用脚勾過屋角的藤椅，然後重重地坐了進去，整個身子就都癱在那裏了。

女人背靠著木門，一動也不動地注視著椅子上的男人。她的神情很奇怪，鬆散的亂髮底下，眼光閃動不定，顯示著不知所措的心情。不過，從她那抵得緊緊的嘴角向下弓著的弧形，可以明白看出女人的意志，那是自信和堅定的。可能是男人僕僕風塵和憔悴的模樣使她驚奇，因而使得她壓住了脾氣。她的臉孔稍長些，下巴尖削，眼瞼略略浮腫，但在燈光下，並不難看。

「睡死了一樣，叫半天都不醒。」

男人懶洋洋的彎身脫鞋，很快房中就發散著一陣令人欲嘔的氣味，女人皺緊了雙眉，一臉的厭惡和無奈。男人自顧自的脫鞋脫襪，然後站起來脫下外褲，脫下襯衫，往藤椅靠背上一擱，就伸手去掀開蚊帳。兩個孩子正睡得甜甜的，男人看了片刻，面孔慢慢回復了血色。

「從旗山走回來，足足走了一點鐘。」男人說著在床沿坐了下來：「累死啦！」

「你不去洗洗嗎？」

女人的話並不親切，她仍然站在門後，從男人進來後她就沒有移動過。

男人這時才抬頭看向女人，對女人的神情，他好像一點都不覺奇怪。他繼續的注視著，女人轉頭向白壁，嘴角抿得更緊，下頷微微蹺起。

「怎麼呢？看到老公那樣不高興嗎？」

「……」

「既然這麼討厭，怎麼又要叫人帶口信給我呢？」

「先去洗洗脚吧！」

「吵醒了那老狐狸討厭。」

「你怎麼可以這樣罵我媽媽！死人！」

「本來就是老狐狸！」

「死人！死人！」

「我不見她，我情願自殺。」

「她到下莊阿姨家去了，阿姨孫兒做滿月。」

「妳怎麼不早說呢？」

男了怔了一下，然後大聲地打了幾個哈欠，淚點漣漣地歪倒在床沿，仰臉向上躺了下來，四肢關節好像就在這一刻鬆開來了。

「累死我啦！」

男人不住地發著舒服的輕歎，率性連眼睛也瞌上了。

女人頓了頓脚，回身開門走了出去。房裏男人雙手彎曲過來墊著後腦，他側著頭往蚊帳裏看著。兩個孩子一邊一個仍然睡得那麼香甜。均勻的呼吸聲輕輕起落著，細細的，牽動人的睡思。女人的枕頭在兩個孩子中間，白色的枕套夾在兩堆烏雲一般的長髮中，顯得格外刺眼。女人有潔癖，什麼都要乾乾淨淨。

孩子躺著，看起來已經很長。肚皮上裏著被單，睡態就如她們的母親，安穩又規矩。看著孩子，男人覺得無比平和舒適，他忽然高興自己回來的這個決定了。

女人在大鍋中加滿水，然後蹲到灶口取柴生火。柴枝是上好的乾相思樹，灶中一會兒就跳躍出陣陣藍光。女人木然蹲著，光燄照射著她的面孔，一陣紅一陣藍的顯著一種不安定的色彩。

丈夫回家了，不高興嗎？倒也沒有這種感覺。不過，也說不上高興，只是有些緊張，更加上無比的意外。

幸好母親不在家！

男人切齒的模樣在火光中突然跳出。

「這老狐狸！」

「不要這樣！」

「老狐狸！」

「請不要這樣。」

母親再不好再不講理終究是我媽媽，男人的蠻橫執拗令人怨恨。事實上，她知道自己沒有眞正生氣的意思，從來就沒有過，有也只是爲了男人沒有顧慮自己。而且她也眞氣男人一走就一個月沒有信息。有時她也盼望男人會突然回家。她還是愛男人的。這樣想起來使她微覺對母親歉疚。不由她搖頭歎氣。

男人的模樣更淸楚地在火光中跳躍。但那不是目前這個落魄疲憊的男人。那是如此鮮明如此歡悅而且充滿活力。

從來招贅就很少有好到底的。阿姊十九歲那年出嫁，母親只有她們姊妹兩個女兒，父親在戰爭的最後一年被徵派到南洋去，她出生時已經沒有父親的信息很久了。而且也就一直沒有誰再見過他。大姊應該招贅，姊夫那邊卻說什麼也不肯，而大姊有了三個月身孕。母親非常傷心，那時她才十五歲，她已決心要做一個好女兒了。人家都說大姊傻，誰知道當時大姊不是用詭計呢？

如果當時男人再堅持呢？她這個好女兒還做得成嗎？恐怕也要步大姊的後塵吧！男人家庭是窮，兄弟也多，但還不致窮到需要做人家贅婿的程度。母親曾經以死相脅，她也以服毒相敵。男人低頭了，以爲一切就此解決，從此可以過幸福平安的日子，她家有一些田產。眞沒想到贅婿難做，母親的處處提防掣肘，演成了今天的這種情況。男人要偷偷摸摸回家，當時又怎麼能想像得到呢？對男人，忍不住也要覺得歉然。可是這時候她什麼也改變不得了。男人數次想帶她出去，她已不想離開這麼窩，即使是因而與男人分手也無可奈何。

母親希望著她快生一個男孩子，她自己也想要有一個兒子，就是男人又何嘗不想要一個男孩子呢？當然她和男人同樣地明白，假如有了兒子，一個繼承母親這邊香火的後代，那麼男人在這個家庭中的地位，更要顯得無足輕重了。母親的心願是不希望她再生第二個兒子，那頂著父姓的兒子將是一個不受歡迎的麻煩的創造者。自從母親和男人情感交惡以後，母親甚至不諱言她對男人和那個根本不見蹤影的孫兒的感覺。對這件事，她一向不想也不願理會。可是男人對於她的靜默卻極爲不滿。

「沒想到妳跟妳那母親是同樣的貨色。」

「胡說。」

母親是私心稍重，母親是頭腦稍頑固，母親是不甘心自己的財產與外姓人同享。而她和男人是相愛結合，她知書達理，男人對她說這種話令她氣憤難平。

唉！沒有母親就沒有這麼多討厭的事情了。她這樣想，忽又覺得罪過。仔細分析一下，她發覺自己眞有這樣的意思，不論因爲何等理由，她確實不想要多生孩子。現在她有了兩個女兒，兩個姓父姓的女兒，女兒將來要嫁出去，只要再一個，再一個兒子就夠了，而第一個兒子是要頂自己的姓氏的。只要再一個！她不時這麼想。是不是她也像母親一樣存有私心呢？不！絕不！但是再想一想似乎無可否認的，母親確實已給了她某些影響。這樣一想她感到無比的慚愧起來，自己眞不是那樣的人啊！

她並不是完全不關心男人。當然男人變了許多，他執拗懶惰又骯髒。使得她的感情冷淡下來，甚至於時時的要怨恨生氣。男人一切都是有意的。雖然她知道不能完全怪他，仍然覺得無法諒解。

如果男人永不回來，母親會逼她再招贅一次。她對男人雖然缺乏愛情，但絕未想過離婚。生活的習慣上她不能沒有男人。因此，男人賭氣離開了家庭，她跟母親也爭執了很長一段時期。

現在，男人回家來，不知該憂該喜，也不知道事情是不是好轉。最少，今夜是平靜的。幸好母親不在家。

女人再走進房間時，男人直挺挺地仰躺在床頭，兩手疊墊在腦後，老早就睡熟了。女人猶疑了一下，拖開衣櫥，將男人的內衣褲找了出來，然後輕輕拍著男人的肩膀。

「醒醒！起來吧！」

男人警醒地翻身坐起來，兩眼連連眨動著，一時睜不開來。

「輪到我的班了嗎？」

女人將衣服塞進他胳臂下。

「醒一醒吧！去洗個澡。」

「唔——」

男人突然又鬆散開來，順勢又想歪倒下去。女人手快，一把扶住了不使躺下。

「水已經燒好啦！」

「我好累，免了好嗎？」

「一身汗，不洗怎麼睡覺？」

「拜託！明天一定洗。」

男人哈欠連聲，但是他的精神卻好像慢慢恢復了。

「去！洗完身子舒服，睡得爽快。」

女人的話已顯出了女人的味道。男人無奈地套了拖鞋站起身來，錯身時順勢就在女人胸前抓了一把，女人使勁往旁一偏身子，並使勁朝胸前的手擰了過去，不過男人縮得很快，待要發作，男人已經一歪一倒地踱出了房間。

水的溫度是熱了些，潑到身上覺得陣陣麻麻辣辣。幾乎整整有一個月沒有洗到熱水澡了，熱水潑著，眞舒服到了極點。

「幹他老母！這才有點像人過的。」

男人暗自想著。

由早班轉到大夜班，有一日一夜的空檔，正好又剛剛領得工資，在工人宿舍睡了半天之後，他突然決定回家看看。

狡兔有三穴，現在弄得他穴穴難留。

父母雖然健在，但是兄弟分家後各奔一路，父母處已無他安身之所。他自己的家裏他卻如同外人，使他常覺如住旅店。這就是做人家贅婿的處境了。眞是悔不當初。

一個人最大的缺點就是心地太軟，太容易說話。這樣那樣一向他都很順著女人的心意，這原因一方面固然是不忍傷害女人的心，另一方面則是他心計不深，在小地方女人確實比他周密太多了。女人家有五分雙季田，有間店房出租，還有五、六甲山林，在他來看已是一筆不少的產業。女人別無兄弟，大姊出嫁已經失去承繼家產資格，這些產業在他們夫妻手中經營，應該可以過得相當不錯。婚後他並無他心，女人也相當溫順，但是他漸漸發覺到女人的母親對他存有戒心。聽說很多贅婿在婚後拐了女人也拐了財產，他跟女人越親密就越使丈母娘害怕。結果他的身分不是主人，卻恰如長工。

好男兒不住外家邊。何況是外家的產業。要改變就得趁年輕，環境得自己來創造。他初中畢業，身強力健，做個工人總是有人要的。到時女人跟不跟他出來看她自己，就是要各自婚嫁也得趁早。

想起來容易，事實卻困難得多了。離家一個月，幾乎無時不想女人想孩子，如果不是為了一口氣，老早就丟開工作跑回家來了。絕不能失敗回來。

工廠是新成立的鋼絲廠，他是第一批工人，經過幾天學習後他就成了領班。工資每天三十五元，三個月後提升為五十塊，以後每半年調整一次，吃工廠住工廠，什麼時候有能力成立一個新家養得起妻女呢？

工作不能丟開，日子總得過下去，他每期買兩張愛國獎券，有一天日子總會改善。工作很苦，累了就倒頭大睡，反正一起工作的人全都一樣。

同鄉的同事問他要不要回家，看人家得到假期的歡樂模樣，令人十分羨慕。他觸動了他的鄉心，使他忍不住想要回家看看，就是看一眼也好。

今天選的日子太好了。

房裏他的枕頭擺在女人身邊，女人躺在那裏望著屋頂發呆。把大女兒推到床裏邊，男人傍著女人身旁躺了下來。女人移了移身體給他空出半個位子。

「幹妳老母，剛才我叫門半天，爲什麼不開呢？」

「你爲什麼一跑三十多天？也不跟我說。」

「爲了免得人家趕，最好我自己先走。」

「誰趕了你嗎？」

「妳不看榕樹埔的老古錐，老後不是被老婆兒子趕去當廟公睡破廟！」

「那是他不正經，又要飲酒又要賭博嚒！怪得誰？」

「幹妳老母！我看了就是害怕。妳們母女不是好人，不要將來把我剁了餵豬母。」

「死人！你三十天就學了罵粗話嗎？」

「本來就是那樣的嚒！」

「每個人都不相同，就是媽媽也不會那樣絕情。」

「呵！未可知哩！我賣力肯做牛當然就要我，假如一病倒或是要喝喝酒，怕不會比老古錐好多少。」

「誰不好比，比那老古錐，你怎麼就不看看劉文發，人家多好？」

「劉文發命好，他老婆好多了。」

「嫌我不好，那又回來幹什麼？」

「回來看看我老婆有沒有想老公。」

「像你那樣子，死掉我都不想。」

「妳看！妳看！我還沒有老就那樣子了，還說得那麼好聽。」

女人輕笑一聲翻身以背對向男人。

「那你就去蹲破廟算了。」

男人沒有說話，只使勁地將女人拖過，同時一隻手在女人胸前摸索起來。女人口中發出厭煩的聲音，但是並沒有阻擋男人伸進衣服裏去的手。

「李永忠的妹妹也在加工區工作，她有沒有找到你？」女人問。

「如果不是她來找過我，我還不回來呢！」

「工作很苦嗎？」

「還好。」

「我託她帶了兩百元，你收到了嗎？」

「拿到了。」

「你沒有錢怎麼出去的呢？」

「我借了兩百元。」

「我不知道你住在那裏，聽李永忠的妹妹說過才知道的。」

男人沒有說什麼，突然將女人摟得很緊，女人輕輕地喘了起來。

「你還要去嗎？」

「你要我走嗎？」

「誰管你走不走。」

「我不想去。眞的。」

「那就不要走好了。」

「妳媽媽明天回來，我還是走好。」

「你眞要離開這個家嗎？」

「我也不知道。」

女人不響了，男人歎了口氣，他偏過頭吻了吻女人，女人在流淚。男人用手指替她拭去淚水，一面狂吻著女人一面伸手往下摸索，女人突然推開了男人的手，男人很執拗。

「不行。」

男人沒有理會。

「現在不行。」

男人全身僵住，慢慢平躺回去。抽回墊在女人脖子底下的手臂，男人一聲不響翻過身子，拉起被單一把連頭一起蒙得緊緊的。

「幹妳老母，妳們母女倆這一生就不想讓我稱心。」

女人默默地聽男人在暗自嘀咕，她任由淚水自雙頰流落，許久許久不見男人動靜。

「我不是故意的。」

女人說，但是她發現男人已經睡著了。屋裏靜悄悄的，只有呼吸聲此起彼落，沒有誰聽見她的話。

——原載一九七〇年十月《台灣文藝》第二十九期

河鯉

浮子定好深度，釣鈎上掛好魚餌，我立起身將釣線儘量往河心深處拋去，然後坐下來把釣竿擱在釣架上，整理好應用的器具，於是很習慣地將手指頭浸到清涼的河水中搓洗一番，再掏出香菸燃上一支，深深吸兩口。這個時候，口中緩緩的吐著煙圈，全身筋肉開始鬆散開來，擾人的雜務一點一點離我遠去，除開水面上的浮子，漸漸地任何思想都不存在了。

整整六天沒有摸釣竿，如今又坐在蘆葦叢中，頭上斜插的黑洋傘遮去了陽燄，屁股底下坐著的是潮溼陰涼的河岸泥地，口中噴著煙霧，我神志慢慢恍惚起來，有著一種帶有倦意的滿足感，使我想起蜷臥在灶面上我家的那隻大公貓。

學校有幾個同事都愛好此道，開頭我就是拜曾老師學習的。由如何綁牢釣鈎、如何製餌開始。後來大家改釣池塘，曾老師又退休回家鄉去後，在這溪邊度過大部分週日假期的，就剩我獨自一個了。所以古老師在河堤上叫我的時候，我不僅迷惑，而且有些不相信。

古老師伸出他那特大號的腦袋在河堤上張望，蘆葦遮住了他大部分的面孔。我站起來朝他招手，等他穿出了蘆葦叢，身後又出現了一個花洋裝的女人，原來是林老師，到底夫妻要新婚，眞是夫唱婦隨。

「兩位怎麼會有這種興趣呢？」我笑著問。

「我們到府上去，陳太太說你在這裏，可眞不容易找啊！」古老師說：「這個潭眞大。」

「釣了多少魚了？」林老師急切地彎腰探視我浸在水中的魚簍。我把尼龍魚簍提到她面前，幾條三指寬的鯽魚在裏面蹦蹦跳跳，水花四濺。

「呀！好漂亮！」她驚歎一聲，好像很意外，一面用小手絹輕輕擦去鼻孔前的汗珠和水珠。「可以讓我試一試嗎？」

「歡迎！說不定妳會釣到一條大鯉魚。」我扯起釣線，重新換兩個新餌：「妳坐到傘蔭底下，看那個浮子，一抖動就把釣竿拉起來，要快！但不要用猛力。」

「好的。你們就去聊你們的天好了。」林老師說。

「原來古老師有事，是嗎？」

「也沒有什麼重要事情。」他笑著：「我想請教一個學生的問題。」

「行！我們上去，這裏會被太陽曬乾。」

我和古老師爬上堤岸，縮進濃密的牛蔘樹蔭底下。林老師在洋傘下守著釣竿，很內行的注視著水面浮標，身邊古老師也正定定的看著下面那幅圖畫呢！

「于春程，你還有印象嗎？」他問。

「于春程？」我腦子一片空白。教書的時間太長了，年年更換一批新面孔，除非十分特殊的學生，往往面孔和姓名無法連接起來。于春程，我無法引出聯想。

「現在在我班上，暑假輔導課不是你當導師的嗎？高高長長的，一臉汗斑。」

「哦——我有一點印象了，是不是老愛請假，掃地就偷溜走的……？」我說。

「正是那個樣子。一開始他就跟我過不去，好像我什麼地方得罪了他一樣。」古老師說著兩眉緊鎖起來：「早上我罵他一頓，第二節揹了書包回去了，跟同學說他要退學。」

「對啦！總是跟班上不合，主意又多，反正很多事情他都不滿意。」我已經有了比較清晰的形象了：「呃？這次想用退學威脅你嗎？可惡。」

「我也弄不清楚他到底爲的是什麼。原則上這個學生相當特出，你看過他的週記嗎？」古老師說。

「輔導課只上了六星期，老實說，對這個班我還完全沒有進入情況呢！」

「他的家庭不錯，父親是鄉公所的課長，對他期望很高。剛才我從他家來，見過他父親和他。于春程這個傢伙還眞固執，拿他沒有辦法。」

「被你罵得那麼重嗎？」我笑著問。

「眼看可以造就的青年不圖上進，我就氣得不得了，都高三了還那樣懶懶散散。可能我也說得太重了一點。」古老師說：「急不擇言嚒！他讓我太下不了台了。」

「我相信古老師絕不會沒有理由罵人，全校學生都希望你當導師呢！」

「慚愧！可是于春程一開始就不高興我了。」古老師長長的歎了口氣。

「像這樣不知好歹的人，由他去就是了。管他幹什麼呢？」

「總是由我引起的，良心上我不得不想辦法。再說都高三了，現在放棄，太可惜了。」

「那麼，古老師的意思是……」我又覺得迷惑了，畢竟我已經是局外人。

「陳老師大概不知道，于春程好佩服你。週記裏說什麼都要引用你的話證明。本學期開學後改派你擔任高一導師，他最火大，發過好多次牢騷呢！」

「有這種事！」我十分意外，也頗有受寵若驚的感覺。其實對于春程，我印象不佳，記得曾把他叫到辦公室談過兩次話，只是那時剛接他們那班，所以稍爲容忍他。他不是聽話那一類型的學生。

「古老師的意思是要我去勸導他嗎？」

「正要拜託你哩！他對我懷有敵意，似乎他總認爲是我擠走了你一樣，眞沒辦法。」

古老師攤攤手，一副莫可奈何的姿態。他的認眞嚴格和愛護學生是沒有誰比得上的，我跟他沒有什麼特別的交情，但一直很敬服他。此時看他攤手，我也只有笑了。老實說，暑假結束後學校派他接任我原來帶領的班級的這件事，我並未能完全釋懷，自然我也知道這不能怪怨他。只是沒想到學生也會爲這事留上心。

「好吧！我明天早上去試試。」

古老師掏出記事簿，前後翻動著，要找于家住址給我。這時底下林老師突然尖聲高呼，十分興奮。我反射的跳起來就滑下了堤岸。釣竿已經被高高舉起，釣鈎上，一條兩指的銀白的鯽魚正隨著釣絲的擺動在掙扎跳躍，日光下閃閃發光。

「拉得那麼強，掙得那麼厲害，我以爲是鯉魚呢！」林老師呼吸急促，面頰更紅得像蘋果一樣了。

說服于春程我很有信心，任何人在這種時候都不可能傻到放棄即將到手的文憑，何況又沒有什麼大不了的事，跟導師賭氣只要輕輕抒發一下就行了。吃過晚飯就依址找到了于家，然後載他到鎮裏，就在農會廣場上賣牛肚湯的攤子坐下來，爲他叫了大碗牛肉麵，于春程跟他爸爸鬧脾氣沒有吃晚飯。我燙了一盤牛肝，要了一杯米酒，陪著他慢慢啜著。

于春程當然知道我的來意。我認爲兩個人到了沒有親熟可依的地方，吃一點東西，可以消除敵意，甚至可以使人撤盡藩離，看到對方赤裸的感情，找出問題的核心。過去我就一直用這種辦法，到這種時候這些大孩子幾乎就毫不保留了。我不著急，于春程也很能沉住氣不動聲色。我看著他把一大碗牛肉麵吃完。

「要不要再來一碗？」我問他。

「夠了，吃不下了。」他說。

「來一杯好不好？」我指指桌上的米酒。

「不要！」他很認眞的搖頭。

「沒有喝過嗎？」

「喝過，但是不喜歡。」

「那麼，來碗牛肚湯好了。」我說。

「好吧！」

頭上紮了條毛巾做日本小販裝扮的老闆很快將熱氣騰騰的牛肚湯送到了他前面桌上。

「你怎麼跟古老師說不讀了呢？」我問他。

于春程把醋精灑了幾滴到碗裏，用湯匙在小碗中攪著，兩眼凝望著肉湯由透明變成乳白，然後抬頭勇敢地看著我。

「老師，我眞不要讀了。」他語氣很堅定。

「到了今天才放棄，」我搖搖頭：「太可惜了。」

「一想到這點，我的確感到心茫茫的，又害怕又難過；但是再想一想，好像應該捨棄，不這樣不行。」他說，然後苦笑著補充：「反來覆去，心頭很不安定。要自殺的人大概就是這種心情吧！」

「不能再拚一陣子嗎？」

「淨爲一張沒有用的文憑，我不啦！」他說。

「以你的程度，再拚一下應該可以考上大學。文憑你可以不在乎，不成把自己一生都拋棄不顧了嗎？」我說。

「老師，沒有這麼嚴重吧！我又不是要自殺。」

「怎麼不嚴重呢！讀書人丟掉學業；農夫丟掉鋤頭；軍人拋開武器；……」

「老師，」于春程鬱鬱地打斷了我的話：「我不想做讀書人了。」

「呃？」我吃驚地看著他。

「我不知道再混下去要做什麼！」他說：「我覺得一個人要有自知之明，我沒有什麼大理想。」

「哀莫大於心死！你難道忘記了暑假中我告訴過你的話嗎？」

「老師，就是因爲我常常想著你的話，所以我才能做這樣的決定啊！」

其實我也忘了自己究竟跟他談了什麼，總不外是鼓勵他思考、上進之類的話吧！于春程的回答把我給楞住了。

「我當時跟你怎麼說的？」我問他。

「老師說了很多道理，現在我雖然不能全部記得，但我知道你的話很實際。一個人是應該自愛，總要爲自己多想一想，找一條最適合的路去走。」他說：「老師還說，迷迷糊糊度日子，將來失敗落魄了，別人表面同情你，內心卻暗自慶幸倒楣的不是自己，甚至幸災樂禍的人也不少。不錯，連父母都有偏心呢！再這樣混下去，除了浪費時間，我不知道會有什麼收穫。」

「那你不是更應該拚一下嗎？考上大學給大家看。」

「我考不上，老師你知道。」

「照這樣子當然沒有辦法，還有七、八個月，可以全力準備。」

「如果拚命去讀還考不上呢？」

「至少有了基礎，補習一年就沒有問題了。」

「還不是老套！考不上，好，補習；再考不上；再補習。」于春程忽然激動起來：「一天到晚捧那幾本書，死記死背的吞往肚裏，我眞煩死了，這樣的日子沒有意義，簡直是浪費。」

「學習的過程本來就是痛苦的，你以爲孔老夫子天生就是聖人嗎？」我也板起面孔了：「人類幾千年的生活經驗，濃縮在教科書中，讓你們幾年裏先做一個通盤的了解，做爲你們將來生活的基礎，這樣的學習你認爲是浪費，是無意義嗎？」

「我要學習，但我要眞正學習，學習那些有用的東西，廣博的知識、生活的技藝、甚至藝術和道德都好。但是你看看我們每天到底在做什麼呢？我們天天在背聯考試題，除了針對聯考試題的事情外，一切都不必要。」于春程眼睛發亮的說：「尤其是古老師，他的辦法更徹底。看報紙是浪費時間，偶爾看看課外雜誌書刊什麼的，簡直就成罪惡了。我實在受不住這種精神壓力。」

「古老師要求嚴格一些，也是爲了你們大家好不是？聯考競爭得那麼劇烈，不用特別的手段，怎麼可能必成哩！古老師就是這樣走過來的。」

「我不知道這樣拚死拚活的，到底爲的是什麼？是不是值得？」他說。

「你不是說要學習嗎？大學正是你研究學問的最好場所，你可以在那兒很方便的追求你想要的各種知識。」

「但是老師你不是就沒有進過大學嗎？」

「不錯。這是我一生最遺憾的一件事。」我說。

「我們班上大家卻最敬佩你。你看，十萬人去拚命，考得進去的只有兩萬多，值得嗎？」于春程搖著頭：「像楊清淼他們，……算了，算了。」

「楊清淼他們那幾個人腦筋不好，平時考試都沒有幾次及格，居然也由著古老師鼓勵，說什麼只要苦功下得夠就有希望等等，實在殘忍。」于春程語氣忿忿的：「看他們一心一意準備應考的執著模樣，我很懷疑自己也跟他們一樣，那不是十分愚蠢的事嗎？」

「人一能之我十之，人十能之我百之，有志竟成，難道你沒有聽過？」

「老師，你眞相信這種話嗎？」

「這本是至理名言嚒！」

于春程低下頭不作聲了。

望著眼前倔強的青年，我漸漸失去了信心。于春程比我想像的還要複雜！我很想問他，是不是全不渴望將來出國留洋什麼的，哪一個青年沒有做過這種夢呢？但面對于春程，這些使我更覺俗不可耐。於是我只好一口一口的喝著米酒。

「老師，高二才一開始我就不想讀了。」于春程申訴地說：「我數學很差，理工科沒有辦法，只好選讀社會組。其實我對文科和法商都沒有什麼興趣，更談不上愛好了。

何況，就是考也難考得上，混下去不是白費嗎？」

「但是你不是也堅持了一年多了嗎？」

「都是我爸爸，逼著我拖到現在。」

「父母望子成龍是很自然的事情，你父親還不是希望你能出人頭地，成龍成鳳。」

「算啦！像我姊姊，國立大學畢業，不知道費了多少精神，忍受了多少委屈才爭取到上寮的山中當國文老師，常常天大黑了還回不到家，還常常一把眼淚一把鼻涕的，這算那一條龍呢？領單身薪水，一個月五千塊還不到，我爸爸還希望我也像姊姊哩！」

「像姊姊當老師，教育後進，有什麼不好？」

「像她？沒出息！」

「喂，你不要忘記了我也是教書的人！」

「啊！對不起，老師，你是完全不相同的。」

「國中和高中，完全相同啊！」

「我不是這個意思，我是說……我是說你看起來就是老師！就是說……不可能不是老師！」

「啊——？」我深感驚訝，不由瞪著他看。

「這……我是這樣覺得的嘛！……」

于春程笑起來，顯得有些尷尬。我卻爲了他的話而突然感到心情沉重。原來是這麼明顯，連學生都感覺出來了，果然我已成爲教書匠。從什麼時候開始自己安於目前的狀況啦？確實有很長很長一段時間生活是一片空白，是從自己執釣竿的時候開始的？不，在那以前很久自己就沒有目標了。我狠狠喝了一口米酒，然後默默的任由酒精在心胸間衝激翻滾。

大概我額門的血脈賁張開來了，于春程看我正忍受著酒精的煎熬，他反而安慰似的伸手過來拍拍我左手手背。

「老師！」他說：「我看大學畢業後還是要工作賺錢生活。只要我能賺錢，不是都一樣嗎？」

「唔！」我點點頭，神志有些恍惚。

「讓能讀書的人去讀。我已經白白浪費了兩年了。」

「問題是，你憑什麼去賺錢呢？」我問他。

「泥水師父一天工錢就有三百塊錢，據我所認識的幾個人，連國中都沒有讀，人家要蓋樓房還不是拜託再拜託，奉承得他好好的？就是當水泥小工，也有一百八十元的工錢。」

「你肯去當工人做工嗎？」

「我願意從頭做起，我認爲那只是觀念問題，我不在乎。老師，做一個更實際的人，難道我不對嗎？」

于春程的態度很誠懇，眼光透著一股企盼的神色。我明白他是很迫切需要我來贊成他，甚至鼓勵他，使他對自己的想法更有信心，使他可以提起更大的勇氣來跳出種種約束。我直視著他的眼睛，心情卻更加沉重了。漸漸的，于春程的面容在眼前模糊消失了，我看到的是幾十年前的自己，初中剛畢業，正爲了考取師範學校不肯去報到，跟父親爭執。父親堅持要我讀師範，而我一心想唸高中考大學。記得那時滿懷理想，好像整個世界都擺在脚下，只要自己考上大學，世界就是我的。而最後終於在家庭環境和父親的哀求下，關閉了希望之門，那是多麼痛苦的回憶啊！那種失意的感覺一直鞭笞著自己，多年來，總是想著要追求什麼，使自己通過檢定考試，由國小到初中，再到現在，失意的感覺固然是減輕了，但那不是消失，而是經過那麼長一段歲月，事實上，它是麻木了。只有在校長不放心把升學班交給你，改派你擔任高一課程時，它在心中翻騰一陣，然而只要坐到河堤上，注視著浮標顫動，一切也就不在乎了。

依自己喜歡做的事情去做，有什麼不可以呢？我再定下心神注視于春程，只見他這時一臉焦慮，正在等著我的鼓勵。於是我朝他笑笑。

「人各有志，社會有各種各樣的人，只要脚踏實地，本來什麼事都可以做！」我說。

「那麼，老師，您贊成我退學啦？」他的眼睛突然發出光彩。

我知道我的意見很可能左右他的一生，決定他的命運。突然我感到猶疑了，我有什麼權利可以這樣做呢？離棄正規的途徑於他究竟是吉是凶？固然我不執著於常規，但是萬一他將來失意，我能負起這種責任嗎？而且我記起了此行的目的，想到了古老師和于春程父母的託付，於是我沉吟起來了。

「老師，你說呢？可以嗎？」他追問著。

我越來越恨起自己來，因爲我知道自己會怎麼說，而于春程仍在天眞的等著我的忠言呢！

「你眞要老師替你出主意嗎？」我問他

「是的！」

「那麼你一定聽老師的決定？」我把香餌拋下去了。

「是的！」他說。

于春程只略做考慮，然後終於毫不遲疑的點頭了。

「好！那麼你不要多想，老師絕不害你，星期一你回學校去上學，一切等你畢業後再說。好嗎？」

送走于春程回到家中，老妻和女兒連續劇正看得入神，想是劇情正到高潮，只見母女倆不住舉手抹拭眼角，鼻子還絲絲的吸著氣。

酒氣陣陣上湧，我覺得又躁又熱。把摩托車推進屋裏，妻和女兒竟然連頭都沒有抬起來注意我一下，使我原本苦惱的心緒更加不快了。加上唇乾舌燥，使我覺得自己像那已點燃引線的爆竹，這時候最渴望的是用清涼的水來沖沖頭臉，然後喝一杯濃茶。

浴室裏首先衝進我眼睛的，是躺在地板上我下午釣回來的那條大鯉魚。這時滾圓的魚肚正微微仰向天花板，翻出大片雪白顏色。我猛受一驚，連酒氣好像也消失了。魚身軟軟的，捧在手中還能感覺到肌肉的輕顫。於是我旋開水龍頭，把魚嘴湊上去，讓湍急的水柱自魚口沖進去，由魚鰓流出，並用拇指和食指一次又一次規律的按壓魚鰓，做著人工呼吸。

鯉魚和鯽魚的生命都很強韌，離水半個鐘頭還可以活起來。每次我釣魚回來，就把浴缸放滿水，將魚養在裏面。我們全家人洗澡仍然習慣用鉛桶，老妻有時又懶得宰殺，浴缸也就暫時成了魚池了。

經過一陣急水沖救，我的掌中又感到生命的蠕動了，接著魚鰓不必再藉我的指壓，又開始一張一合的吸水，於是我把牠放回剛才牠自那兒蹦躍出來的浴缸。雖然稍顯軟弱無力，但牠還是穩定地慢慢沉向缸底，搖搖擺擺的努力穩住身子。我是傍晚臨收竿前釣到牠的，在將牠撈進魚網之前，眞沒有預料到牠竟有這樣巨大，怕有兩斤以上吧！

河鯉的肉特別鮮美，而一斤以上的河鯉已經不多見了。釣河鯉和池鯉是大不相同的，池子裏的魚早已經失去野性，比較起來是那麼軟弱，連肉都顯糜碎，上鈎後幾乎不必費什麼精神就可以撈起來。河鯉生活在湍急的溪流之中，筋骨是如此強健，牠掙扎時力量猛烈得驚人，釣絲被繃拉得筆直如弦，隨著牠左右廻游，畫過水面，震動空氣發著咻咻尖銳的鳴聲。那眞有如一場生死搏鬥，我需要用兩手握緊釣竿，隨著魚游的方向移動，全身每一條肌肉、每一根神經都繃緊了。我必須使釣竿和絲線保持垂直的角度，利用竿尾良好的彈性來緩和魚的拉力。水底魚兒奮勇抗拒的力量毫不含糊，它沿釣絲傳到釣竿，又由釣竿傳到我的手臂，那種應手的感覺太美妙了，它會使我的精神整個亢奮起來，這也是賭徒和冒險家所追尋的樂趣吧！

對我釣的這條鯉魚來說，我釣鯽魚所用的釣鈎釣線都嫌太小了。像牠這麼巨大，只要能忍痛猛然翻身或躍跳，不是釣鈎拉直就一定把釣線拉斷；或是剛上鈎我提起釣竿的那一刹那，猛然向河心游去，不護痛廻游，那麼我也就將要沮喪地望著牠游走了。其實我根本沒有預料牠有這麼大，甚至也不知道水底下釣到的是鯉魚、草魚或鯰魚。我只感到我手中正控制著一個野性十足的生命，享受著牠爲生存在我的釣絲那頭掙扎抗拒所給我的強烈的喜悅。我牽動牠左右畫著8字形，用勁不大不小，剛好夠讓牠不停的游走，我不急於把牠拖上水面。在這時候我常常也會自覺殘忍，但我卻無法抑制自己野性得到滿足的愉悅。

水由浴缸邊沿溢出來，嘩嘩的流落地板上。我關了龍頭走出浴室，看電視的母女倆終於因爲廣告而得以暫時解脫了。這時老妻眼淚已經擦乾，一副自在滿足的慵懶模樣。而且好像這才發現了我回來似的。

「看你釣那麼多魚回來，又沒有人愛吃，弄得滿浴室臭魚腥。趕快拿去送給人家看誰要。」老妻說。

我關掉浴室的燈，不想理她。

「爸，那尾鯉魚眞大，不是在菜市場買的吧！」女兒頑皮的笑著。

「胡說！」

母女兩個咭咭地笑著，低聲的不知道嘀咕什麼。

「爸，媽媽說以後只釣大的就行，鯽魚不要了。」

沒有等我罵她，螢光幕又將母女兩個人的注意全部引去了。我走上樓梯，經過老二的房門口，西洋熱門音樂的聒耳聲浪直衝出來。推推門，已經由裏面扣上了。正想敲門，歌聲戛然停止，想是知道我在門外。於是我走回自己的臥室。

初三了，強迫他有什麼用呢？求學要自愛才行，我希望他們兄弟都能上大學，把自己從前得不到的幸福給他們，可是沒有用，老大只能讀讀五專，老二也不想上進。強迫是無益的。我又想起于春程來了。

想到于春程，我便覺得慚愧和煩躁，好像酒氣又湧起來。我眞不想看到他那沮喪的神態。我送他回去了，一路他都默默的不講話，但我知道他星期一會回學校來的。釣絲雖然很細，但是要想掙斷它卻也要有相當大的勇氣啊！不幸的人兒，爲什麼他不像別的學生一樣呢？我不知道自己的做法對不對，對于春程將來是好是壞。當然，如果他是我自己的孩子呢？不管是老大老二，我會毫不考慮讓他繼續完成學業，那是絕無疑義的。但又如果我自己就是于春程的話，是否也一樣的有自信？我發覺自己太老了，實在已無法設身處地做如此的比較了。

還是釣魚好！想來想去莫如明天一早到竹仔潭去。於是我又下樓拿釣具來整理，我要換一副新的釣線。

鯉魚又從浴缸裏跳出來了，我聽到潑喇潑喇的跳躍聲，再度將它捉回缸裏去。這個時候跳已經太遲了，現在只有安安分分的待在浴缸才對，那樣才可以活得更久些。

明天，或許我該把牠放回河裏去吧！我上樓時這樣想著，不過，連自己也不太肯定。

——原載一九七七年十月《台灣文藝》第五十六期

秋 意

尤文輝與我應該算是同一天加入二年九班的。我走上講台的時候，班長喊口令的聲音響亮又有精神，敬禮時好像經過預先練習過了一般，全班同學高喊「老師好」，整齊嚴肅的程度很令我大吃一驚。班長個兒不高，戴了副金邊細框近視眼鏡，斯斯文文的，竟然能喊出這麼低沉有力的口令，眞是不可思議。我先朝他注視片刻，然後由左而右地掃視全班一遍。這個班級就是我本學年所要帶領的，許多任課老師雖然責罵他們是牛頭馬面，但四十幾張面孔雖然有俊有醜，卻也沒有像流氓或土匪一般長像的。也許是他們那聲問好或者是他們的神情使我感動，我忽然覺得樂觀，可能是別人言過其實吧！或是他們的行爲也像班長的嗓門一樣出人意表，那就非我所知了。

我微微頷首，繼續環視每一張面孔，由他們面孔上所裝點出來的歡欣的神情看來，他們必定已經知道我擔任他們的導師。我知道他們這時候也全部集中了精神等我開口。

大概也正想估估我的份量哩！以前我沒有上過這個班級的課，不過由學生彼此消息交換，我相信他們必定已了解我的脾氣了。人善被人欺，馬好被人騎。當導師的人一定要樹立威嚴。所以，我繼續保持沉默，並不急於發言。當你要對方對你敬畏時，最好讓他莫測高深，而你靜默地用一種胸有成竹的目光捕住對方，往往就可以收到這種效果。高三女生班在三樓，每當我爬上三樓樓梯，進入教室後總是喘得我開口不得，爲了掩飾自己的窘態，在上課之前我就這樣默默的環視全班，每次我總是使得她們慌忙的收起桌上其他的功課或還未寫完的作業，規規矩矩的端坐不動。現在，我自然要製造一個嚴肅的第一印象。當我二度環視全班時，我很滿意氣氛果然釀成，前排兩個同學甚至已顯出不安的神色，正在偷偷檢視自己的鈕釦呢！

尤文輝一開始就使我覺得不快。當整個教室充滿肅穆氣氛，就等我開口訓話的時候，他大模大樣的擺過走廊，硬底皮鞋在磨石地板上敲擊的聲音，清脆得叫人不由不側目，他晃到教室門口，鞋聲戛然而止，他筆直的站在那裏，很神氣的喊了一聲報告，恨得我把牙齒都差一點咬碎了。

「什麼事？」

「我叫尤文輝，我來報到，教務處把我編在二年九班，請多多指教。」

他一口氣解釋得清清楚楚，聲音篤定，姿態肅穆，但就給人有一種不正經、引人發笑的感覺。全班果然鬨堂大笑起來。我雖然不好生氣，但心中早已生出被人戲弄的不快了。

「進來，後面有個空位。」我說。

「報告老師，後面還有四個呢！」

「什麼？什麼還有四個？」

可能是我的神情過分急迫或是吃驚了，全班這次竟然看著我捧腹大笑，笑得前俯後仰，後面有一個傢伙還直拍桌面。

「還有四個轉學生要報到。」他一本正經的報告。

整個教室充滿了笑聲和嗡嗡私語，這時，除開厲聲喝止外，我再也無法挽回頹勢了，但如果我這樣做，也得不到什麼光彩，而直到此刻我還沒有正式對班上同學講一句話。看來，這個學期不會太好過，因爲我直覺地感覺到，二年九班接受尤文輝時的歡欣熱烈，超過我這個導師多了。

人眞是聽不得好話的。當了許多年的專任老師，什麼職務都沒有兼過，課餘不是下棋打球就是跟同事閒講聊天，一直像閒雲野鶴，要走便走要來便來的。開學前幾天訓導古主任忽然找我商量，要我接掌二年九班導師，原來的導師蘇金圖說是家庭有困難，硬要辭官不幹。我先是一口謝絕，古主任卻架架的將這個班級給訓導處所帶來的困擾一一加以細數。上學年結算總成績時，他們囊括了整潔、秩序、團隊精神等各項比賽的最後一名，我還記得蘇老師站在隊伍後面，面孔一陣青一陣黃的神情。聽說有時蘇老師氣得半個月不跟他們講一句話呢！古主任越說我越慶幸自己推辭得聰明。然後古主任不斷感慨沒有任何人可以管住這樣的一個班級，雖然我無意接受，但聽著他訴苦，我不止一次的有著不信邪的感覺，天下那有這麼惡劣到無可管教的班級呢？當然我也不止一次警告自己不可多事。古主任又表示，蘇老師嚴格出名，尚且束手無策，校長跟他研究了很久，認爲只有請一位最有學問風度，在學生心目中最受歡迎最有人緣的人，才有可能用軟繩索拘束得住他們，感化他們學好。而校長和他都認爲只有勉爲其難的請我出來，可以爲學校分勞。既然我也害怕不敢接受，他說，他看這個班級將無可藥救了。忽然我像中了魔似的，心中充滿感動，一方面是豪情高漲，一方面又有知遇之感。結果古主任走的時候心滿意足，我則迷惑中帶著後悔自責，我應該及早想到，古主任是政治系畢業的，他利用了我不信邪、以及一絲絲好勝之心，很輕易的使我將脖子伸出去，套子早已準備好了。

開學典禮時，看到我站在二年九班前面，幾乎所有的老師都要哈哈兩聲，很不懷好意的，聽起來就是有幸災樂禍的味道。的確，二年九班的成員眞不單純，有半數留級生，另外半數則是品行被視爲需要特別輔導的，指導活動室全有他們的個案。現在再加上尤文輝他們幾個轉學生，自然更熱鬧了。

尤文輝確實不簡單。第四節改選班級幹部，距他加入二年九班只不過兩個小時，表決班長時，全班四十八個人除開他自己以外，居然四十七個人一致投他的票，眞令我意外。當我把名單拿給蘇金圖老師看時，蘇老師搖搖頭笑了起來：

「他們還是一樣，做什麼都愛開玩笑不正經，這個風紀股長李中和是最愛講話胡鬧的。衛生股長王子凡，哼，上學期沒有一次掃地時看到過他。學藝股長林正弘，不交週記。康樂股長邱其煥，玩起來倒沒有問題。」

大概是我的臉色不太對，蘇老師停了下來，皺著眉沉思片刻，然後安慰似的拍拍我的肩說：

「還好，最重要的這個職位是尤文輝，奇怪，我怎麼對他會沒有印象呢？不過，沒有印象就表示不壞，嗯！想不起來。」

我曾一再解說班級幹部對班級的重要，鄭重要全班推出適當的人來，洗刷班級恥辱。如果尤文輝當班長是蘇老師認爲唯一適合的人選的話，我實在該感到悲哀了。因爲其他的人我還沒有印象，而尤文輝卻是我認爲最不可取的一個。

「你可以否決掉他們的意見，重新指派幹部。」蘇老師建議。

蘇老師的主意固然可行，但是我不會這麼做，那樣會使我一開始就站在與他們對立的地位，既然這些人是他們自己選出來的，我就玩點手段動點心機，非得讓他們吃點苦頭不可。看看孫猴子厲害還是如來佛厲害！我暗自發狠。

兩週時間很快過去了，我貫徹幹部選舉前的主張，什麼事都不過問。我說過，有困難我可以出面，此外，一切要各幹部全責辦理。我預料他們會很快的來求救，全班亂成一團的情形是可以預期的，我就在等著那麼一天。但我奇怪的是日子過得十分平靜，每天我七點二十分鐘到學校督導早自修，另有兩節歷史、週會級會跟他們接觸，但各幹部除開必要的請示外，幾乎全沒有讓我勞動一點心思，而且訓導處居然也沒有找過二年九班。這使我也迷糊了。

二年九班最大的毛病是吵鬧不守秩序。在這所省立高中裏，升學的壓力非常強大，因爲是鄉下學校，升學率偏又太低，爲了提高學生程度，校長和教務主任想盡了一切辦法來壓迫學生讀書，留級更是絕不留情的，因此，每個班級莫不爲此緊張努力，尤其是高三的十幾個班級。可是他們好像全不相干，上學年他們從早自習開始吵起，幾位任課老師沒有一個不是恨得牙癢癢的，特別是英文林老師，提到他們就罵牛頭馬面。其次他們的毛病是不合作，每一個組成份子都很有個性，班級事務誰都不關心，也不聽約束，難怪整潔、秩序、團隊精神等比賽總得黑牌了。現在升上二年級了，除了留級了六個，班底不變，我很難相信他們就能變好。趁學藝股長送教室日誌給我簽字，我把他留了下來。

「林正弘，你週記交來了沒有？」我問他。

「當然交了，就在這裏面。」他指著辦公桌他早上送來的一疊週記簿。語氣辯護中含有一絲自豪。

「收齊了嗎？」

「唔，二十五號沒有交，他說明天帶來。」

「昨天下課後有沒有做清潔工作呢？」我又問。

「這個學期大家都做了。」

「是嗎？這就奇怪了，我又沒有去監督，怎麼你們會聽話呢？」

「尤文輝和衞生股長王子凡查點，誰先跑走的罰五塊錢。」

「啊？罰錢嗎？那怎麼可以！」

「我們儲起來做將來開同樂會的基金。」

「這是誰的主意。」

「班長尤文輝建議的。」

「同學肯交錢嗎？」

「尤文輝要王子凡先交，因爲王子凡第一個先跑掉，尤文輝說，交五塊錢可以一次不掃地。」

「那麼王子凡交了五塊錢啦！」

「他已經被罰了四次，二十塊錢啦！」

「他不生氣嗎？」

「所以他現在監督很嚴，連尤文輝也被罰了一次，因爲輪到掃地的時候，尤文輝剛好在辦公室，沒有參加。」

「這樣不對，要罰錢怎麼沒先問我？」我心裏很覺不快，但語氣仍然裝得很平和。

「班長說自己的事自己來，不要樣樣讓老師煩。」林正弘說，然後細聲的，很神秘的看看左右說：「老師，我告訴你……」

「什麼事？」我問。

「王子凡不服氣，尤文輝跟他打了一架，就在教室裏面，尤文輝教我們把門窗全部關上，桌子搬到一邊，大家不出聲，很公平的，只有兩分鐘就解決了。」

這消息可讓我太震驚了，訓導處最痛恨打架，每次打架都有人記大過，上學期還有因爲打架被退學的。我絕不能讓這種事在我帶的班級裏發生。那會成一種風氣。

「你馬上去把尤文輝跟王子凡給我找來。」我說。

大概是我的臉色把林正弘嚇壞了，他結結巴巴的解釋，要我不生氣，不要去追究。

「事情已經結束了，他們現在是好朋友。」他說。

「打了架怎麼會是好朋友呢？你想騙我嗎？」

「眞不騙你，老師。我們覺得打架是尤文輝比較贏面，但是他一再稱讚王子凡拳頭厲害，也不知道王子凡爲什麼不恨他，反而兩個人成了好朋友。大概是不打不相識吧！」

林正弘說著，居然面有得色：「我們決定不讓別人知道打架的事，訓導處不會知道的。」

「哼！看樣子你還很欣賞尤文輝呢！」

「啊！尤文輝不錯，他做事公平。」林正弘說：「他說誰不服氣可以站出來，把門窗關起來自己解決。我覺得他很有氣魄。」

「還要打架嗎？」

「不，不會有人再打架了。」林正弘很肯定的說。

看來，我不得不對尤文輝另行評價了。想不到他做事不只幹勁十足，也眞有些本事；一副吊兒郎噹的模樣，眞還瞧不出他會是這麼負責的好班長。這是我這導師的運氣。林正弘走後，我一邊想著，一邊感到羞愧萬分，兩週來我不僅沒有關心過他們，而且一直在等著他們自亂，以便收拾殘局，好顯出自己的重要。也懲罰他們選舉幹部時不聽我的話。現在有了尤文輝，倒把我這個導師擠到一旁去了。我不知道是不是心懷妒忌，想起來心裏倒眞是有著一絲不太順暢的滋味呢！

可能責任眞會改變一個人，尤文輝對自己的職務是十分熱誠的。他每天來向我請示一些班級事務，爲同學講話，替同學請假。到訓導處替同學辦月票，繳伙食費等等，大小事情他都一手包攬，心甘情願的跑來又跑去。我越來越喜歡他，也越來越倚重他。他從未讓我煩心過，只有一點，他常常要用拳頭來威脅和壓制班上的反對意見，這使我心裏老懷著一股不安的情緒。爲了減少他和其他同學的衝突，我儘量去接近他們，甚至不惜在某些方面與他們妥協，結果我終於能得到他們某些程度的合作，比如說秩序、整潔和進出操場隊形等各項比賽的最後一名，不會每週總頒發給二年九班了。

學校二十週年校慶，爲擴大慶祝，舉行校運和園遊會。規定每班自己要搭帳棚，在劃定的區域，自由搭置，做爲比賽項目之一。班上劉興隆原答應將家裏塑膠棚借出來供班上使用，到校慶前一天要動手了才知道他父親已借給鄰家辦喜事去了。劉興隆向我報告時我著急起來，因爲臨時難再借到。尤文輝很豪氣的表示他有辦法。

「老師，您放心，全部交給我們。」他安慰的說。

「你到哪裏去借？」我還是不太放心。

「我有辦法，請老師向事務處借二十把鐮刀，明天您來看，保管有棚帳。」他有點神秘兮兮的，連班上同學都懷疑的看著他，不知道他葫蘆裏賣什麼藥。

那天下午放假，我回到家以後仍放心不下，傍晚我再回學校，操場上各班都在忙著布置，也有幾位老師在指導或帶頭工作的。二年九班幾乎全班沒有一個不到，忙得滿頭大汗。原來尤文輝出主意，他們到後面山上去砍伐竹子矮灌木等原始建材，這時四根碗口粗的竹柱子已豎起，頂上稀稀疏疏竹架也已纏緊。一些同學由山上源源運下竹子和帶葉的樹枝，幾個人在編織籬笆，尤文輝一邊揮汗，一邊把竹架一根根用鉛絲紮住，還不時叫同學推推柱子，看看夠不夠穩固。看大家忘我的工作，連我也熱心的動起手來了。

確實，二年九班的帳棚最特出，除開三面翠綠的樹籬外，連天棚也是翠綠的，一條條枝葉從上面垂掛下來，坐在裏面有如置身叢林中。尤文輝給我搬了一把藤椅擺在正中間，正面橫額是林正弘的大手筆，紅紙上寫著「臥虎藏龍」四個大字，門口兩邊紮有稻草人各一，隊旗是粉紅頑皮豹。兩天的校運我坐鎮其中，看到我穿著胸前印有班徽頑皮豹的運動裝，再看看上面橫幅的四個字，幾乎所有走過去的同事都要哈哈兩聲，似乎頗有揶揄的意思，不過我已懶得理會，有時也回報幾聲哈哈。但校長領著評分老師走過去時，居然也哈哈了幾聲，可眞弄得我灰頭土臉，甚至有人還故意把橫幅上的字唸成「臥狐藏蛇」，令人喪氣。不過，在第一個項目上，我們總算搶到了冠軍。

尤文輝辦起事來，確實不含糊。這個事實每位任課老師都不否認，只要有事，交代一聲無不辦得又快又好。但是在功課方面尤文輝之差，簡直使人無法相信，最讓我傷心的是他把我的歷史科考了一個個位數的分數，他不知道產業革命發生在那一國，他不知道拿破崙是法國人，他甚至連美國南北戰爭時的總統是華盛頓還是林肯都弄不清楚。兩次月考他除開公民得到六十幾分外，竟然沒有一科及格。我眞不知道他是怎麼讀的。

「你老實告訴老師，你到底有沒有讀書？」我問他。

「沒有。」他的回答倒很乾脆。

學校施行了一個很絕的政策，每週擧行三次抽考。凡是兩科不及格的人都要在星期六下午留校罰讀書，全班留校人數超過半數時，導師也要被請去監督。二年九班在其他方面都還可以應付，唯獨在功課方面是無能爲力了。我們把星期六下午的活動謔稱爲「歡樂週末」，由我主持，而尤文輝沒有一次不參加。我鼓勵他，逼迫他，要他專心到功課上去。但好像是一點功效都沒有，他讓我失望。

一天班上古春廷上課中突然暈倒。醫務室朱小姐無法處理，那天下午我課又多，於是尤文輝自告奮勇送他回去。我看情形好像也不太嚴重，就叫了車子讓尤文輝和林正弘一同負責。幾天以後，不幸古春廷竟然因爲心臟毛病去世了。尤文輝把這消息告訴我的時候，我爲了自己那天沒有親自處理而感到歉疚不安，同時也爲古春廷的不幸哀傷，二年九班唯一不太鬧的人就是他。

「老師，這不能怪我們。」尤文輝安慰我：「那天我和林正弘曾經先送他到鎭上邱內科打過針，醫生認爲送他回去沒有問題。打針的錢還是我和林正弘一同湊出來的。不相信老師可以去邱內科醫院看病歷表。」

「好，你們做得對，我沒有想到你們這麼周到。」我拍了拍他的肩膀，心中十分感激。

班上遇到這樣不幸的事情，生命無常的這種意識深深的震驚了每一個人，好像使每一個人都做了一番檢討，他們顯然安靜多了，似乎一下子成熟起來。古春廷人緣是不錯的。

我找校長報告這事，並將我在古家看到的清貧的情形跟校長說明。校長立刻掏出五百元交給我，說是他自己出的一份慰問金，另外下條子讓我再到主計室撥五百元代表學校慰問。臨走又交代我幫古春廷家人申請平安保險。在這同時尤文輝發動募捐，不但班上同學罄囊支持，隔壁各班與古春廷相識的也都紛紛表示慰問。兩個小時就募捐了兩千多元。當天下午我把慰問金和大家哀悼之情，委託尤文輝先送到古家。我發現在這一連串事情當中，他的表現實在可佩，周到又得體。第二天古春廷的父親到學校來致謝，證明了尤文輝在古家的言行都很合宜。

看尤文輝的成績本來對他已經完全絕望，但是我覺得對他還沒有盡到最後的努力，我堅信他應該是可以造就的人才，趁星期六下午參加「歡樂週末」，我把他叫到辦公室，我要深入的去了解他。

「老師，我眞沒有辦法。」談到功課，他就沮喪起來，一派無可奈何的神情，那是眞誠的、痛苦的，發自內心的無望，絕不是隨隨便便的、不在乎的模樣，這又讓我感動。

「眞奇怪，拿你辦事的時候的精神去讀書，會很困難嗎？」我說，辦公室除開值日工友外沒有別人，我們都很適意，我還給他倒了一杯茶，那是我天天自己帶到學校來的。

「是啊！我也常常這樣想。但就是沒有辦法，拿起課本我心裏就茫茫然然，全身不舒服，連坐都坐不住。」他痛苦的說：「我寧願做任何事情，只要不叫我讀書。」

「怎麼會這樣呢？」

「我也不知道，小學時我成績很好，畢業時還領過縣長獎。我父親很關心我的教育，對我的期望也很高。他聽到私立初中管得很嚴，升學率很高，就把我送到那裏去。開始時我也一直能得獎，到初二下學期，也不知道是怎麼引起的，就是不想讀書，老師又管得那麼緊，一天有十多個小時逼著我們看書，我越來越難過，我爸爸不得不替我轉到市立中學去。國中老師卻幾乎是完全不逼我們的，我不讀書也沒有誰理我，我根本就把功課丟開了，一直到現在，就是讀不起來。」

「你爸爸不管你嗎？」我說。

「我只要在家裏擺擺讀書的樣子，他就高興了。他也不知道我有沒有讀書。」

「那你怎麼辦呢？就這樣拖下去嗎？」我不以爲然的說。

「我也不知道，我從來不考慮這個問題。」

「你知道你會留級的，你不應該轉學到這裏來。」

「等留了級我再轉，高中連這裏我已經換了三個學校了。」他苦笑著說。「我知道自己沒有出息，我實在很對不起我的父親。從小他就鼓勵我，給我錢，隨我想怎麼樣就怎麼樣，只求我好好讀書，爲他爭一口氣。他只有我這麼一個兒子呢！」

「你父親做什麼工作？」

「他是農夫，我們家種香蕉。他說耕種沒有出息，一定要我讀書。」尤文輝低著頭說：「我想進工廠做工去，讀夜間部大概會好一點。」

「你應該坦白告訴你的父親。」

「我沒有這樣的勇氣，他也不會聽我的話。他心中所想的我，和眞實的我是不一樣的，我眞恨自己沒有用。」他說。

「你腦筋很好，不要灰心，希望努力拚一下看看，有希望的。」我安慰他。但是我想尤文輝和我一樣，都知道這種話是全無意義的。

尤文輝走後，我心情忽然沉重起來，在辦公廳呆呆的坐了很久。導師，還是不能幹的。我最後結論。

除了功課差之外，我又發現尤文輝規矩也差。我倒不以爲在做人的大原則上他會有什麼差錯，只是我們平常看慣了規規矩矩的學生，發現尤文輝經常違反校規，對一些我們視爲常規的事物視若無睹，總會使人對他產生壞印象。比如他跟附近職校的學生一同打牌；他在中山公園偷抽菸；他爬學校圍牆；還有他跟人打架的情報。我知道像他那麼身體結實一身精力的人，對功課又不下苦功，要他像女孩子一樣文靜乖巧是不可能的。我一面告誡他，一面鼓勵他多參加學校的各項運動，另一面則時時爲他擔心，怕他出事。

過了元旦假日，一個學期差不多就將結束了，尤文輝果然被逮到，他抽菸被高三女生抄到了姓名告到訓導處，記一個大過兩個小過的通知送來給我簽字時；我嚇了一跳。一時又急又氣，把他叫到辦公室痛罵一頓。我以爲可以平安度過了，不料他又在教室關起門打架，偏偏教官走過教室，捉個正著。打架是要記大過的，這下尤文輝完了。

我不知道訓導處居然蒐集了不少有關尤文輝的資料。他毛病確實不少，訓導主任和教官都堅持要他退學，我又爭又求，最後還找了校長，才處留校查看。我把結果告訴他，要他等學期結束後再說。他倒很瀟灑的表示不在乎，令人氣結。

留校查看的處罰公布後，第二天尤文輝就沒有到學校來了。後來他給我一封信，終於他使他的爸爸明白了他無法再進修，答應他退學進工廠。他說他其實也不想進工廠，只是沒有其他的主意。要我代向班上的同學道謝，支持他當了半個多學期的班長。最後說他會永遠懷念我們，和這一段時光。事情已經如此了，我也無可如何。雖然這不是我所希望的結果。

停課的前兩天，我正在給班上的同學複習功課，走廊上又響起硬底皮鞋敲擊地板的清脆的響聲。那種特殊的音響大家都很熟悉，那是尤文輝的！幾乎全班一致的翻頭看向窗外走廊。清亮的鞋聲由遠而近，終於停在前面。尤文輝筆直的站在那兒舉手敬禮，他使我回憶起他第一天來此報到的情景。

「老師，我來向大家說再見，我已經辦好退學手續，祝各位同學進步健康。再見！」他仍是老樣子，正正經經說完再一鞠躬，然後就轉身走了。

「尤文輝！」差不多全班一致的叫喚起來。轟然吵雜的聲浪隨後爆開。要不是我制止得快，有幾個人早衝出走廊去了。我費了很長時間才把浮動的情緒壓制下來，但是我發現每一個人的眼睛裏都神采煥發，要他們集中精神顯然已經辦不到，他們爲尤文輝的出現所激動，畢竟大家相處已經很久了。不過，大部分同學所表現出來的，竟然是羨慕的神態，這是怎麼說的呢？

「這個可惡的東西！」我心中恨恨的罵著，眼淚差一點滴落下來。

「你們給我注意，看第三十五頁。」我大聲說。我要繼續灌輸他們知識，不讓他們絲毫鬆懈，這是我們這些老師們的責任：「你們要努力，不要管其他的事。」

窗外，飄起了雨絲，天已有些涼意了。

——原載一九七八年十月二十三日《民衆日報》副刊

余忠雄的春天

三月初了，南台灣的春天一直是陽光朗朗，有如盛夏。昨夜裏一陣春風，驟然又帶回了冬天的寒氣。常聽父親唸農諺說：「正月凍死牛，二月凍死馬，三月凍死耕田者。」眞不相信天氣還會冷得這麼厲害。余忠雄早上起來，發現天空陰沉沉的，雨絲直到他上學時還在下著，心想大概不會舉行升旗典禮了，不意到學校後雨竟然全停住了。

今天星期三，第一節課是週考。余忠雄前一天晚上看書看得伏在桌上睡著了都不知道，大概受了一點涼，早上起來覺得有些頭痛鼻塞。整個早自習時間他都感到昏昏沉沉，聽到教官廣播要樂隊預備，不由得皺起了雙眉。

「怎麼，這樣的天氣也要升旗嗎？」

「等一下還是要下雨的啊！」

余忠雄後面，博士和阿土的聲音在嘀咕。反正要升旗了，講這些話又有什麼意思？

他突然感到心裏煩躁，但隨即又壓抑了下來。還有太多的公式變化要牢記，等下週考的科目是數學，據傳是六班的怪老子出題，他專愛找特例考人，出題又沒有範圍，眞有點令人緊張。余忠雄利用著每一秒時間，眼睛貪婪的獵取著營養，留意公式的每一行變化，恨不得把書本都吞到肚子裏去。這次再考不好，眞該死啦！他心底一直這樣告訴自己。

「今天當眞有冷啦！」

排隊時好友劉金財挨到他身後親切的跟他打招呼，整早上他們各自專心功課，還沒有交談過呢！余忠雄這時方才感到心境稍微開朗起來。

「預備得怎麼樣啦？」他問。

「希望可以應付。不過是怪老子出的題目，很難講。」劉金財苦著臉笑著。

「我頭痛，大概凍著了」

「下雨嚒！怎麼不多穿一件呢？」劉金財很關切的說：「我有綠油精，你要不要！」

在鼓樂進行曲中，隊伍開動了。他們一同踏著大步，心情一暢快，連頭痛似乎都消失了，不猛搖頭還眞感覺不出來哩！

操場的風特別強勁，又潮又冷，凍得大家面色發青，縮頭縮手的哆嗦著。余忠雄希望典禮趕快結束，好做做晨操，活動一下筋骨。好容易升旗完畢，司令官正要跑出行列向校長敬禮，結束典禮，校長卻轉身大步走向司令台。慘了！他心中暗暗叫苦起來，四周也同時響起了竊竊議論的聲音，全是憤怒和不滿的音調。訓導古主任和教官立時都走近隊伍前，很明顯有威脅和鎮壓的作用。他偷眼看看導師，導師一向跟他們同站在一條線上，這時他卻背負著雙手注視著遠處青山，一副不相干的神氣。最後議論聲還是安靜下來了，風太強勁，薄薄一件夾克實在不夠暖和，好像冷得同學連生氣的精神都已失去。而且校長由麥克風透出來的聲音也實在太響了。

「各位同穴，昨天晚賞七點鐘，有一格工人向我報稿，他早上經過我們穴校，看到有男逆穴生在那邊圍牆弟下擁堡打凱士……」

校長指著左邊一排木麻黃樹說，語調相當激動。全校同學在楞了片刻以後，忽然鬨笑的聲音從四面八方響了起來。

「哪裏有這麼無恥不要臉的穴生！這事傳出去被外人知道，多麼敗壞穴校的命譽。」校長不顧底下騷動的情形，繼續憤怒的叱罵：「校長肚皮都要氣得爆扎掉了。我要教官去調查，查出衣後，一定嚴厲初分，你們大穴考不上，一天到晚談亂愛，才這麼小，公然擁抱打凱士，成什麼踢統……」

北方飄來的寒氣好像全散光了。同學大部分情緒昂奮歡悅，全都咧著嘴開心輕笑著。劉金財隔著三個人，朝余忠雄直擠眼睛扮鬼臉。余忠雄這時卻渾身不自在。校長一聲聲無恥，不要臉的責罵，使他想到自己的荒唐，於是他感到校長的指責是直接對他而來的。

雖然在學校擁抱接吻的不是他，甚至是誰他都不知道，但他有一些急於想要忘懷偏偏又摔不掉的記憶。

校長還在不斷轟炸，他用他帶著濃厚土音的難聽的國語痛罵著，好像犯了這該殺的罪過的是全體學生。凡是有損校譽的事他都深感痛恨，尤其是男女之間的問題，平時有人敢在走廊上交談的，被他發現的都要記過，公然在學校擁抱接吻，眞要嚇壞他了。

余忠雄在寒風裏迷迷糊糊的站立著，校長機關槍一樣的責罵聲他聽而不聞。雖然不斷的自責，但是他的思緒不由得又飄向那溫馨的甜美的夢境，腦海中不斷浮現的是靜梅姣好的臉龐和窈窕的身姿，甚至他還能感受到她溫膩的肌膚和芬芳的體香。這些正是他一心要克服的誘惑。

「……你們這個是候應該全心杜書，不可以一心兩用。穴生不認眞杜書，怎麼對的起起國家？……」

校長說得對。余忠雄猛然搖著頭，搖得頭痛眼花。等下我要考數學了，除了讀書，任何雜思都要從腦海中除掉。一切只爲一個目的：考上大學。

第一節上課鈴響了，校長終於意猶未盡的走下司令台。余忠雄又急又氣，等下考試時間又不夠用了。但看看周圍的同學，人人笑嘻嘻的，好像每一個人都那麼滿足快樂。他最不滿意校長漫長的訓話，每次都一樣，意思不多，反反覆覆，其實十分鐘的話裏，不外是學生不可以談戀愛，應該用心功課，在學校親熱，敗壞校風，如此而已。

在這所鄉下省中，余忠雄和劉金財都是用功的好學生，國中時代原有些實力，考上城裏省中大概不會有太大問題，只因爲家庭環境較差，兄弟又多，他們有自信在鄉下也不會輸人，而且不需要離家寄宿在外地，不致太增加家庭的負擔。所以他們一直很努力，兩個人彼此做對手競爭，雖然成績已經不錯，但也從不敢懈怠。所以，凡是可以用來刺激自己讀書的方法，再苦也都樂於接受，只差沒有學古人吊髮錐股。校長爲提高升學率，實行每週一、三、五、週考的制度，兩科不及格的人週六下午留校罰讀書，同學們戲稱爲「週末俱樂部」，爲此叫苦連天，但余忠雄和劉金財一開始就由衷贊成，也都心甘情願去接受折磨。爲了不使自己分心，他甚至狠心扮演了負心的角色？割斷甜蜜的初戀，更將它視做他上進的阻礙，他覺得銷魂蝕骨的柔情會消磨掉他所有的志氣。對於愛情，他又怕又愛，又想排拒卻又刻骨銘心的思念著。最後，只好把這也視做一種試練了。

數學題目不多，塡充和選擇都易於應付，但是計算題的部分卻難住他了。一定不錯是六班怪老子出的題目。每次爲求自己班級成績好，他總是找些特殊的題目來考學生。而且在有意無意間暗示六班的同學留意。對於這種不公平的做法，余忠雄是很氣憤也很不以爲然的，同時他也很不服氣，他不相信自己就一定會比六班的同學考得更差。但現在，一題三角不等式和一題空間座標就佔二十二分，他不敢說題目太深，只是太偏了。正是他以爲不重要而忽視的地方。

余忠雄苦苦的回憶著，希望理出一些頭緒。但他越思考就越覺得冒火。後面博士有規律的輕踢著他的櫈子，他不耐煩的皺著雙眉假裝不知道，但對方相當堅持，使他不理會也不行。每次博士遇到困難，總是會忍不住向他求援，希望從前面得到些微的提示，有時余忠雄也故意把卷子推向桌緣，滿足他的要求，他不在乎博士，因爲他不是自己競爭的對手。但有時博士的行爲也令人覺得不耐，甚至是可恨的。他有時明明抄了余忠雄的答案，出去後卻告訴別人自己如何回答，而且面有得色。就如此刻，余忠雄對博士輕踢櫈子的事感到生氣了。

「敲要死啦！我也不知道哇！」

余忠雄的聲音壓的很低，但監考簡老師銳利的眼光卻立時掃視了過來，嚇得他趕緊低頭假裝沉思。高三了還作弊，只要被人這樣懷疑就夠跳河去了。

博士再等片刻，終於無可奈何的出去交了卷。余忠雄看看手錶：八點半，離下課還有二十分鐘，環視一下教室，已經有半數以上交了卷出去了的。後面，劉金財仍在埋頭演算，全心全意的。於是他從頭把可能用到的公式一個一個寫在卷背，，寫完後一條一條檢視一遍，卻頹然發覺全都不相干。上三角不等式時，數學老師曾表示這裏不重要，絕少出題，而當時他正硬著心離開了靜梅，心裏的衝激很強烈，患得患失，只差沒有病倒。算來這也是靜梅給他惹來的禍害。哎！靜梅眞是剋制他的魔星，只有她能這樣弄得他神魂顚倒。他繼續檢視公式，眼前晃來晃去的，卻是靜梅的臉孔。他不自覺的在卷背描畫起來，慢慢勾勒出一個女孩子臉蛋的輪廓，細細的眼睛，挺直的鼻樑，特別是柔軟豐潤的雙唇，那是他輕啄深吻過無數次的情愛的蜜罐。想到此，他就立刻渾身滾燙起來，四片嘴唇合在一起輕磨密合的初吻的感覺在他內心盪漾開來，幾乎使他打起寒顫。卷面上的題目早就看不見了，他網膜上顯現的，是紙張後面渺茫淒迷的夜的景象；溪邊銀合歡樹底下河堤水泥地上，靜梅暖和的軀體斜倚在他胸前，他只感到滿滿一懷抱甜美的柔情和醉人的馨香。淙淙的溪流在耳邊輕唱，應和著四周熱鬧的蛙鳴。他做起夢來了。

突然校長的聲音爆炸般的從心底響起，那一聲聲無恥、不要臉的責罵，像針尖般的刺人。余忠雄搖了搖頭，回到現實的世界，眼睛又看到試卷上他無法計算的兩個題目，而他用原子筆在翻過來的卷上亂塗出來的少女的臉部輪廓，倒眞有三分像靜梅的模樣。他吃驚的用筆把它慢慢塗去。簡老師巡視過來了，看看手錶：八點三十五分，才過了短短的五分鐘；他有些驚奇。後面，劉金財仍然在專心的讀寫著。他覺得空氣已稍轉暖和，窗外黃黃的日影無力的照射著玻璃，畢竟是春天了。

匆匆交完卷子，余忠雄習慣的揹起書包就走向爬滿九重葛的涼棚底下。他總是和劉金財在這裏檢討，聲音即使高了一點，也不會傳到教室裏去。劉金財還沒有出場，他在鼻孔前、太陽穴上狠狠的塗抹著綠油精，辛辣的油氣沖得他眼睛都睜不開。班上不少同學都聚在走廊底下興致勃勃的討論著答案。余忠雄自己一個人懶懶的翻出數學課本，他不想去擠熱鬧。翻開書頁，躍入眼瞼的卻是他自己所寫的兩句警句：

壯士尚須斷腕，我何人也？

不成功便成仁，義無反顧！

這兩句話是他離開了二姨家以後，在心情還很激動時寫下來的。一方面爲鼓勵自己，一方面也在撫慰自己碎裂的心。從那以後就沒有再見到過靜梅了。

連交一個女朋友的權利都沒有，眞令人悲哀啊！余忠雄一想起靜梅已經離開了他的生命的這個事實，就感到手脚乏力，好像自己整個生命的活力都被抽走了。離開靜梅可比斬斷手臂痛苦得多了。雖然分手已經兩個多月，他卻一直弄不清楚自己這樣做值不值得，不過，有一點他可以肯定，那便是他不狠下這個心，就絕對定不下精神來專注功課，而七月初就是大學聯考的日子呀！

兩個多月了。當靜梅接到他的信，要她退還所有他給她寫的情書時，她的痛恨和傷心是他不敢去想像的。他恨自己絕情不義，但他認爲自己別無選擇。不切掉這段戀情他無法靜心，日日夜夜閉眼所看到的無非是靜梅的身姿臉龐，幾次考試失敗，劉金財的成績已經超出，他不得不把靜梅視做自己上進的阻礙，硬著心要排除掉了，靜梅遵照他的意思將一年多來他所給她的書信全部都包成一綑寄回給他，連同他們一起合拍的一些照片和他送給她的別針飾物。包裏上只寫了他的住址和姓名，她沒有多附一個字。一切就這樣結束了。靜梅會了解他的痛苦嗎？當天晚上他就懷著壯烈的心情，把一大包的信件全部焚燒乾淨，並發誓絕不再談戀愛，隨即他就在每本書的扉頁上寫下那兩句警語。

不過要忘掉靜梅那是不可能的。高二那年冬天，因爲學校輔導課排在第八節，下課後天已全黑，要回到山區的自己家裏很感不便，於是住在鎮區邊緣的二姨要他搬到那兒去，用脚踏車上下學就近得多了。陳靜梅家就住在二姨丈伙房後面，進出都要經過二姨家門前小路。第一次見到她時，他幾乎驚爲天仙呢？想到這點，他就不由得不開心，靜梅是那一帶公認的美女，多少人想追求都沒有成功哩！她平時在街上洋裁店替人剪裁，也教了幾個學生。國中畢業後，她遠到台北跟隨表姐學藝一年，回鄉後就成了手藝不錯的洋裁師，除非農忙時家裏幫幫忙，就是上洋裁店工作。他們國中同屆，只是余忠雄小學時曾經留級一年，靜梅比他小了八個月。

余忠雄從來沒有想到過要交女朋友，雖然國中時他讀了些文學書藉，對愛情也很嚮往，但也只限於偶爾遐想做做白日夢，他的心思並沒有放在這方面。看到靜梅後，好像他深藏的本能突然被引發喚醒了一樣，使他在背誦國文或演算數學題目時，會停筆發怔，也眞正領悟到了什麼叫做輾轉反側。

靜梅的美是很古典型的，她的態度冷傲中帶有些親切。她見過她傍晚在禾埕上逗孩子們遊戲，調皮而又不失慈愛；他見過她和女伴們打鬧談笑，活潑中仍能顯出端莊；偶爾有幾個男孩子去她家走動，甚至在路口吹口哨，這令他深感氣惱，等到發現她對那些人冷冷淡淡或視若無睹，則又很高興和安慰。

原先他並沒有想要追求她，對她的美也只站在欣賞的角度。每天早上他五點多起床！很習慣到田野間去背誦國文或英文，回來時常在門口碰到她肩掛著衣籃要到大河去洗衣服。每次彼此都嚴肅又客氣的點頭爲禮，漸漸熟識後也交談幾句。直到有一次，他爲了讓路給她，踩了一個土坑顚躓了一下差一點跌倒。對他的狼狽相，她先是輕笑出聲，隨即又關懷的上前去扶持他。他立刻就站穩了，而靜梅這時緊貼在他身前，她的頭髮幾乎就要觸到他的鼻尖，一股剛離被窩的少女的體香濃濃的直衝進他的腦門。當天晚上他就寫下了第一封信。

除了給她寫思慕的信以外，他也常常特意守候的等她出來好跟她閒談幾句；或者乾脆跟她的弟弟阿忠交結，到她家去做客。學校的功課很緊，他並沒有因此而鬆弛懈怠，追求異性的刺激倒成了他枯燥學習生活的點綴，不但充實了他的生命，並給了他更多的活力。他對靜梅的追求並不積極和熱烈，但是態度卻是很誠摯的，但也沒考慮靜梅會不會接受他，或者一旦追求成功了要怎麼辦。就這麼斷斷續續的用著精神，幾個月以後靜梅很自然的成爲他的密友。

眞不會相信，原來愛情會有這麼多煩惱，不管你得到或得不到。余忠雄很快就感覺出愛情的負擔了。約會交往固然充滿刺激和甜美，但也有不少問題需要他去應付。首先是經濟問題，他沒有足夠的零用錢可以花用，而他的自尊又不允許他接受靜梅的接濟，於是他必須找理由向父親要錢。其次是時間的問題，與靜梅見面的次數越多，他複習功課的時間就愈少，使他爲功課天天緊張。再就是責任的問題了，他愈發覺靜梅的善良和純眞，他就愈感到靜梅對他的信賴是沉重的負擔。雖然陳家世代耕種，但靜梅的舉止自有一種風度，跟她在一起眞是一種享受。她的反應很快，活潑中帶些狡黠，很能作弄人，但也善體人意。平時除洋裁外還要料理三餐，幫忙餵豬種地。他堅信她會是一個標準的賢妻良母，靜梅似乎也打算這麼做。

一天他溫習當天的功課以後，又帶她到附近高高的護岸河堤上散步。大地已經沉寂，農村的鎮市早已入了夢鄉。只有遠處鎮道上偶爾有亮著燈的摩托車或汽車在飛馳。周遭除了水聲就是蟲鳴，再就是堤上銀合歡樹葉的簌簌輕吟。他一路告訴她一些學校發生的趣事，然後談起來對未來的憧憬與抱負。她靜靜的聽著，後來終於不安的問他：

「我學歷那麼低，你將來會不會嫌棄人家呢？」

「你看我會嗎？」

「很難講，等你考上大學到台北去了，你就會很快把我忘記了。」她幽幽的說。

「你說得好像我已經考上大學了一樣，還早哩！」

「我知道你一定可以考上！」

「你不高興我上大學嗎？」

「不！」她說：「只是那時候你就不屬於我的了。」

「不要亂想，真能到台北去讀書，妳不是也可以到那兒工作嗎？我們還是可以天天見面。」

「啊！那當然很好。」她目光烱烱的看著他說：「那麼我白天工作，賺錢給你讀書，我也可以去上夜校。」

「哈哈，妳要養我啦？」

「莫說得那麼難聽，你盡你的力量，讓我也盡一點力量，好不好嘛！」

「嗯，好是好。但是，如果我想去留學怎麼辦呢？」他逗她。

「啊！我不會阻擋你。我可以回鄉下來做洋裁。」

「如果我十年才能回來呢？」

「那我就自己開一家服裝社。」

「不嫁別人？」

「不嫁別人！」

「萬一我不能回來怎麼辦？」

「那我就去吃齋。」

「傻話！」他笑起來：「現在已經不流行吃齋當尼姑啦！」

「我是講正經的。」靜梅嚴肅的直視著他：「不管是你變了心或者是不回來，我不會再嫁別人。」

過去他們不曾談論將來的事。靜梅的深情使他感動，也使他心境突然變得沉重起來。

他們默默的走上了堵水壩，在水泥堤上並肩坐下。他感到自己非有什麼表示不可了，於是他用手搭上她的肩膀，輕輕把她帶了過來，靜梅低著頭沒有抗拒，柔順的依偎在他的懷抱。他緊張的摟著她的身子，感到兩個人的心跳像擂鼓一樣響亮。她的頭髮輕觸著他的鼻尖，他低下頭去聞著，一遍又一遍的。余忠雄始終沒有感到肉慾的衝動，只覺得一切都是那麼純潔和莊嚴，充滿了美和幸福。那晚，他們兩個就在壩堤上相擁著，直到聽到初更雞啼才吃驚的起身返家去。

那晚余忠雄回到房中意識仍然恍恍惚惚。事情的發展使他不敢相信，這不是當初他所預想的結果。他感到自己已經陷得太深了。整個晚上他都在輾轉反側，似睡未睡。一方面是靜梅溼潤豐軟的嘴唇和體香使他興奮，一方面對靜梅有了責任和義務，使他有著些許不安及沉重之感，第二天他上學就遲到了，而且在下午第一節國文課時，第一次嚐到瞌睡的滋味。

學生那有資格和權利去戀愛呢？除非你不顧一切。余忠雄想著苦笑了起來。月考到臨前，他不能分心，希望能全心來應付功課，但只要連續幾天他不去看她，或者略顯出一點心不在焉的神情，他就會令靜梅不安和惶恐。他必須常常去設法讓她高興。更糟的是他們偶爾會為了很小的事鬧情緒、嘔氣，這些在在都影響了他做功課。

其實，這些都不是最嚴重的。余忠雄檢討著，是自己對靜梅越來越強的慾望才最令他擔心，尤其是在令人情緒緊張的月考結束之後，他有強烈的本能的衝動，這時他會變得狂野起來，連自己都很難抑制。每次碰到這種時候，靜梅總是很驚覺的逃避他的纏結，跟他保持適度的距離，不容他靠近。有時他會出奇不意一下子抓緊她，但每次也總在她認眞掙扎甚至生氣的情形下讓她脫身，當然他的理智和教養也給了他很強的約束力，只是時間長了難保不出問題，那時可怎麼好呢？他對自己沒有一點信心。

是去年光復節的夜晚，他們一同騎單車到鎭裏看遊行和山歌大會，回程時心情特別好，吃過宵夜點心，月色又明，於是他們又彎到河堤上去賞月聊天。

那眞是一個迷人的夜晚，余忠雄回憶著。靜梅放心的斜倚在他臂彎裏，仰著頭從稀疏的銀合歡枝葉間看著天上移動的月影，口中輕輕的哼著充滿情思挑逗的山歌，任由他在她臉頰和雙唇間輕吻著。在月光之下，她的模樣是那麼愛嬌，他感受著由她髮上和身上發散出來的異性的香氣，漸漸的，他把持不住自己的衝動了。靜梅這時想脫身卻已被緊緊地箍著，這回他相當的執著和任性，靜梅在掙扎輕叱懇求都沒有用以後，突然放棄了抵抗，任他將她壓在身體下面。就在這緊要關頭，他吃驚的發現靜梅偏向一邊的面孔，淚水在月光下閃閃的流著。她的眼淚及時沖散了他的慾潮，他歉疚的爬起來，扶起她的身子，然後兩個人默默的下了河堤回去，這次，兩個人都流了一身冷汗。

靜梅的父母和他的二姨都漸漸對他們的交往不安起來。她已經不能隨便出來跟他見面。禮拜天他回到山間的家去，父親又嚴厲的訓了他一頓。仔細反省一下也眞是的，這一段日子雖然充滿了美好的回憶，但跟他求學的生活比較一下，又是多麼的荒唐哪。那麼是不是要暫時分離呢？繼續這樣子下去，一定會影響他的功課，甚至影響到整個前途，而且，到他成家前還有多麼漫長的一段路要走啊！他不會傷害和耽誤靜梅嗎？寒假結束前，終於他遵從了父親的意思，離開了二姨家，回到自己家裏乘車通學。

人必須向客觀的環境屈服，想做的不能做，是多麼的令人痛苦，余忠雄難過的回憶著。離開二姨家以後他就沒有再見到靜梅，只給她一封信告訴他必須暫時分離，靜梅回信說她經過一場嚴重的感冒以後，心情終於平靜了，正打算回台北表姐處做剪裁的工作。她說她認淸了情勢不允許他們繼續相愛，畢竟他要走的路她是沒有辦法跟隨得上的。最後祝福他一帆風順。

為了求兩個人心情解脫得乾淨，他狠著心要靜梅把他所寫給她的情書全部退回或者焚燒掉。我眞是一個自私無情的人嗎？余忠雄輕輕呻吟起來。他翻了半天的數學課本，卻一個字也沒有看進去。初戀是最甜蜜的，有人願意為愛情來犧牲，而他居然害怕愛情，想想眞是可悲可憐。除了考上大學以外，難道就沒有其他的路可行嗎？學爸爸耕田種地，學學叔叔修理機車，或者去考警察，去受技藝訓練，去做生意，甚至到工廠去學做工都可以，人家不是也全生活得很自在嗎？為什麼自己便不可以這樣做呢？做一個平平凡凡的人有什麼不好？余忠雄常常忍不住這樣想，在下決心離開靜梅前更是反反覆覆的檢討。不錯，他從小就有野心，舒適的生活並不是他所追求的目標，他所想得到的，卻是連他自己都不很淸楚的迷幻境界，最少他覺得應該為此努力，而在此之前是必須踽踽獨行的，更何況第一步要踏入大學之門，絕對不可以分散精力。那麼認識靜梅眞是一個錯誤啊！

劉金財終於繳卷出場了，他笑嘻嘻的大步走了過來，劉金財是個純樸的青年，除了功課什麼都不感興趣。

「考得怎麼樣？現在才出來。」他問。

「全部寫滿啦！對不對就不管它了。」劉金財愉快的說：「你呢？」

「氣人，三角不等式那題根本沒有想到會出來。」

「哈哈！我是昨天晚上翻到那裏臨時決定看一看的。嘖，眞出來啦，好像有神明指示一樣。」劉金財說。

「都是阿伯害的，他如果沒有說這裏沒有出過題，我便不會那麼大意了。該死！」他越想越懊惱。事實上最近也老是心浮氣躁，憂鬱苦悶，滿腦子塞滿了靜梅的形象。

「喂！我們去操場跑兩圈，第二節上課還有十五分鐘。」他說。

「好哇！」劉金財把剛剛翻出來的數學課本又塞入了書包：「你不是頭痛嗎？」

「噢！死不了，莫管它。」他說。

他們一前一後沿著跑道慢跑。同班博士和阿土他們幾個看見也加進了行列，一羣六、七個人在認眞跑步，引起不少在操場邊女生的注意，博士他們跑得更起勁了。

「這種天氣跑跑最好。」博士發表議論。

「我們應該每天來跑五圈。」阿土附和。

「跑得累累的，回去讀書反而可以專心，眞是奇怪。」

「嗳！就是這排木麻黃樹底下吧，校長說，不知道誰在這裏親嘴哩！」阿土嚷著說：

「實在夠味。」

「說不定就是你呢！」劉金財說。

「開玩笑，我才不會那麼不要臉。」

「也沒有那個女生要跟你親嘴吧！」同班林秀清說。

除了余忠雄，每一個人都開懷大笑起來。談起兩性間的事情，他們總是興致很高的。

「誰會這麼大膽，在學校裏親熱起來！」阿土說。

「那個女生才大膽哩，嘿，夠氣魄。」博士說。

「如果是十二班的祁春枝，那才夠香豔。」

「你們可不能亂破壞人家的名譽，祁春枝是規規矩矩的。」劉金財不平的責備。十二班的祁春枝確實夠堂皇，論面貌身材都足以讓他們這批嫩公雞嘸口水了。尤其她那早熟而且透著誘惑的體態，不知使他們做了多少夢。余忠雄和她談過幾次話，一同去參加救國團的活動，對她印象很好。但是要和陳靜梅比起來，顯然又略遜一籌了。

唉！怎麼又想起靜梅來了？余忠雄猛然加快脚步，努力要把腦中的雜念擠出去。這時他們已經跑完一圈半，到了操場的另一頭。大家都開始喘息流汗，原本黃黃的太陽也感到有些熱力了。劉金財跟到他身邊，詢問似的看著他。

「我們跑完這一圈就走。看誰跑得快。」他說。

於是由他帶頭，大家專心的往前奔去。

太陽更熱了。

——原載一九七九年四月廿四～廿五日《民衆日報》副刊

田園之夏

一

古進文被母親嘮叨了兩天，說他農夫沒有農夫的樣子，每天就知道騎著機車在外跑來跑去，於是一大早起來就揹起噴霧機下田去了。

田野的早晨清新涼爽，沁人心肺，古進文有著陶然欲仙的感覺。他已經有好幾天沒有來了，這幾天他一直在旱畑的木瓜園挑排水溝，木瓜怕水，他可不想讓可以生產變錢的木瓜浸死，原來的排水溝幾次西北雨早被淤土塡平了，雨季這才開始呢！

這是一大片平坦的水田，稻子正蓬勃的生長著，村莊和道路都在東邊遙遠綠色稻浪的盡頭，古進文的田地幾乎就在這廣闊水田的中央，有重劃道路連接外面，另一頭是水利會的輸水大圳，高高的圳堤遍植柳樹，水圳正好將這片平原劃成兩份。古家的田地在圳堤的南邊，站在堤頂，可以把四周景色一覽無餘，古進文很得意他家將近一甲的這塊水田，收割一年的稻子，就是全家人回來也夠吃兩年以上。他從小就喜愛這裏。

田塍上的雜草眞已長得比稻田還高，生命力強韌的鐵線草和牛筋草把田塍下第一排稻苗都蔭住了。得到了充分的陽光和養分，野草長得眞快，古進文可不能任由稻苗被野草蔭住。他在水門口水泥牆上調好除草劑，給噴霧機的嘴加掛防止藥劑四散的塑膠罩，就立刻開始工作。他預計九桶水可以完成，然後希望還有時間去松英家去看看她是不是回來了，她一走五天沒有音訊，弄得他茶飯無心，眞有些神魂顚倒了。

走上田塍，剛打開噴口開關，古進文發現脚步走過後嘀嘀噠噠又有許多褐灰色的禾蚤在跳躍著。這使他大吃一驚，關掉機器走進稻田中央去查看，輕輕在身邊稻莖上拍過，成千成百蔴粒一般的禾蚤掉落跳起，看得古進文渾身起雞皮疙瘩。都是天氣悶熱，蟲害特別厲害，上次噴農藥相距才五天呢！他無可奈何的看了看四周，不錯，除根莖部分的禾蚤，稻葉上又患上了捲葉蟲。根莖部分得改噴藥粉，隨即葉面還要再噴殺蟲藥，這要花他兩千塊錢農藥，還要三天工夫。

走回田塍他繼續噴灑除草劑，心裏卻在考慮要不要放下除草的工作，先去準備殺蟲農藥，禾蚤的繁生很快，爲害的能力又大，只要幾天工夫就可以使整株稻苗枯槁。想到這些，古進文便深感煩苦，大家都說水稻是不能再蒔了，算算成本、農藥、肥料、人工和水利費。即使像古家這樣上好的良田，便是有十成的收穫也所得有限，連一個女工的收益都不如。問題是有田不莳不是耕田的人所能想像的，每次古進文嘀咕，他母親總責備他。

「養兒子怎麼可以算飯餐錢呢？」他母親所抱的態度便是這樣，要算飯錢費用，養兒子頂不合算了，但能不養兒子嗎？

古進文高農畢業，讀的是農機科，去年初退役回來後，被母親給留了下來。他兩個哥哥都在高雄，大哥在國中教數學，兼教補習班，混得很不錯；二哥在工廠當技工，外面又開了一間水電行，早成了城市人。古進文的父親貴祿伯今年六十五歲，即算是身體很強健吧，也畢竟精力有限了，留下兩個老人在鄉下耕種二甲多的土地，雖然沒有種那種費工費神的菸草，也一年比一年更覺吃力。古進文軍隊退役回來，成了他母親唯一的希望了。

「你是農業學校畢業的，應該讓你來表現表現了。」他母親在他回家那天晚上很迫切的告訴他：「他們不要，這些田地就全部給你，你認眞去打拚，找一個能幫你下田的妻子，不愁沒飯吃。」

「大家都說耕田要做死人，我可有些害怕。」他笑著逗母親。

「沒出息！你阿爸和我耕田耕了一生，還不是把你們兄弟都養大了嗎？我們也沒有做死。」他母親顯得有些不高興。

「耕田難出頭，媽，我們到高雄去求發展不好嗎？大哥和二哥都有房子，比妳和爸爸在鄉下耕田不是清閒多了嗎？」他說。

「在那種地方，我們兩個老的就變成廢物了。白天上班的上班上學的上學，住三天我都要悶出病來，關在籠子一般的屋子裏，你想我和你阿爸關得住嗎？」他母親搖搖頭：「不行，這個大伙房，這些田地，誰去耕管？」

「乾脆賣掉算了。」

「哼！賣掉？我就知道你們全是沒有用的東西。這伙房是你祖父做的，我和你阿爸修理得排排場場，水田也是你阿爸辛苦幾十年買來的，你們沒才情買，就只會主張賣掉。」他母親眞的生氣了：「你也走好了，我不在乎，等我們眼睛閉了以後，賣不賣再由你們。」

「媽，跟妳說笑的嘛！我會留下來，最少做一、兩年看看。」他安慰母親。

古進文的父親貴祿伯倒不反對孩子出外去求發展。蹲在家裏守成沒有出息，這是他的想法，也是鄉下一般人的想法，但是兒子願意留下來他也不反對，總得有誰來繼承這片家業呀！古進文雖然跟母親說他種田怕苦，其實他自小喜愛農事，種種瓜果菜蔬，看著它們天天長大、開花、結果，便覺樂趣無窮。讀高農的時候，兩位兄長都出外工作，田裏只有兩老辛苦操勞，那時便有將來要爲父母分勞的決心了。

服役期間同班的戰友李正光約他退役後同到台北謀事，李正光家裏有錢，也雄心勃勃，他跟古進文是軍中最投合的夥伴。

「在這種工商社會，農業是註定無望的，你何必去浪費你的才能呢？」李正光不斷的勸止他回鄉。李的說法並沒有錯，農村是凋零了。

「我有新的構想。舊的各求自給自足式的觀念必須改除，小農制一定破產。但是我有兩甲多土地，如果我父親讓我放手試驗，我想留在家裏。」他很有信心：「而且自己做主自由自在，總不會輸過在工廠做人家的工人受人管理才對。」

一年多來他不知道李正光事情做得怎麼樣了，他們難得通一次信。但他這一年確實幹得很賣力。父親和兩個哥哥都支持他，除開母親偶爾嘮叨反對，都能依他的想法去逐步做到。一甲多的旱田，過去大多蒔一次稻，租人家種一次菸草得些租金，再種一次雜糧如玉米或紅豆。每年有三次收穫，但都不多。他一口氣全部種下木瓜，又恐怕木瓜害毒素病失敗，木瓜行間再寄植檸檬。屋後空地他加建了一棟十二間的豬舍，連同舊有的共二十間，光母豬便有十一條，大大小小肉豬八十多頭。這是他有限資金最高的運用了。如果不是母親堅持，連這一甲水田也一同種了水果。

可能深受日據時代戰亂的影響，古進文知道他母親堅持要蒔稻子是爲了先謀糧食，農家不存糧食讓她失去安全感。其實一家三口能吃得多少呢？她卻堅持要吃自己家的稻米，連遠在高雄的大哥二哥，也都每個月固定回家搬取米糧，過期不回家，她一定逼著古進文給輾好了送去。

一季又一季辛苦栽培，滿倉滿庫的穀子只有賤價出售。固然如母親所說：「養兒子莫算飯食錢」，但他工作起來未免意興索然。父母種地把它看做是一種義務和責任，同時帶著濃濃的感情。他種地可純粹爲了求利。沒有利益的事有什麼好做的呢？

到第九桶，終於田塍上的雜草都噴灑遍了。古進文搖搖背上的噴霧機，還有大半桶，於是他沿著重劃道路一路噴灑過去。除草劑效果不錯，灑過以後經太陽一曬，草葉立刻轉成灰褐色，第二天就枯萎了，隔個星期如果再噴灑一次，連草根都會爛掉。他走上圳堤，幾個國中學生在清澈的圳水中游泳玩水，又嚷又叫好不開心。看看腕錶已十點多，他放下噴霧機在圳水裏徹底的清洗著，然後自己也順便滑入沁涼的清流中。圳水很急，一個學生從上面順流游了過來，原來正是松英家隔壁的阿振。他們曾經一同捕過田鼠，架網捕過畫眉鳥，幾個人都是熟識的。

「阿文哥，你噴農藥嗎？」

「除草。你們怎麼會跑到這裏來？」

「我們想釣蛤蟆，結果只釣到幾隻小青蛙。要回去了，先洗洗涼。」阿振說：「我們下午去張網，你要去嗎？」

「我不能去，下午有事。」古進文看看遠處幾個少年，然後輕輕問他：「喂，看到阿英回家了嗎？」

阿振朝他扮了一個鬼臉，一面用力往上游去，一面大聲嚷著：「你來看看，包不失望。」

那邊，他們那一羣已經爬上堤岸在穿衣服了。

二

月色清亮，萬里無雲。古進文到松英家時，松英的父母和哥哥都在庭院前大禾埕上納涼。看他進來，松英哥哥馬上起身讓坐，松英也幾乎立刻就從厨房裏搬著長板櫈出來了。看到她，古進文的心突然安定下來，古人形容得妙，一日不見如隔三秋，一連五天了，應該是幾秋了呢？上個星期她台南的姊姊有事招她，行前連招呼都沒有打一聲，害他懸念了好幾天。

「天不下雨，好熱。還是禾埕上吹風涼快。」松英的父親壬喜伯親切的說。

「吃過晚飯沒有？」她的母親也問。

「有一隻母豬傍晚開始生產，我替牠打過催生劑看牠生出了五隻才出來。晚飯吃過了。」他解釋道：「我去叫飼料。」

「誰給你看顧呢？出來不要緊嗎？」松英問。

「我媽在看。豬價那麼賤，連看都沒有精神。」

「聽說你養了不少是嚒？」壬喜伯問：「還有多少大豬？」

「一百斤上下的三十隻，六十斤左右的三十隻，其他還小，總共有八十多隻。」

「慘啦！上百斤的恐怕沒有什麼指望，六十斤的看看能不能碰到一些好價錢，這樣下去，褲子都會虧掉。」壬喜伯搖搖頭。

「時機不好，有什麼辦法。外銷突然斷掉，內銷市場有限。連小豬仔都沒有人來買，我這次虧損難算了。」

「我們還不是一樣，小豬二十多隻斷乳半個月，居然沒有人來問價，我都沒有地方關了。」松英的哥哥阿德忿忿不平的說：「連一點保障都沒有，這種事業怎麼還能去做呢！」

「飼料上個月漲了三次價，大豬天天落價！」壬喜伯說：「好在我的大豬上個月賤也賣掉了。很多人嫌價賤不肯脫手，結果眼淚都沒地方流。」

「倒楣就是這東西不能囤積，現在沒價囤積到有價再賣。它天天要吃，又吃的多。」古進文說：「吃得太大人家又嫌棄，上次我賣豬，超過一百八十斤的，超出的部分白白奉送。一毛錢都沒有呢！」

「你一個月的飼料錢也不少吧！」阿德問。

「兩個月來我每天只餵兩餐，中午補貼一些蕃薯葉和牧草。我媽要割牧草忙壞了，把我罵得要死，說我貪心該死，我哪裏料想到豬價會忽然落下來嚧。」

「像從前那樣，家家養個三、五隻吃吃洗米水，便是沒有好價錢也不會有大影響。」壬喜伯母說：「你莫養那麼多就好了。」

「我是資本不夠，原來我預算最少養兩百隻的。沒有養那麼多，賺三千二千的有什麼意思嚧！其實價錢如果穩定，每隻豬固定有五百元可賺，兩百隻就是十萬元，一年兩批出去，一個人的工錢就有了。」

「哪裏有像你想的那麼好，誰給你保障嚧！」阿德搖頭歎氣：「想一想心都涼了。」

「我養得很成功，不能賺錢眞不甘心。」古進文說。

「我看，乾脆賣光了清心，有贏頭也讓別人去賺，這樣最好。」

幾個人同聲歎息了。松英沖好了茶給每個人端了一杯，連她聽了也歎氣。

「不過，老古人說的：人窮莫斷豬，富貴莫斷書。不養豬做什麼好呢？」壬喜伯母說。

「就是這麼說啊！穀子沒有什麼好收入，要養家生活、要繳子女學費，還要打理人情事務，不好好來蒔田來養豬，我們還能做什麼呢？」壬喜伯的聲音顯得很沉痛：「我們老的沒辦法了，你們年輕的要出去發展，農村不能留了。」

「年輕的後生出去工作，就是有一、兩個孩子當工人也很能補貼家用。」壬喜伯母望著松英說：「偏偏我這個懶女兒又不肯去吃苦，養她這麼大沒有爲我賺一毛錢。」

話題就這樣談開了。生活確實不易，物質上的要求又普遍提高了起來，農村生活也不能不現代化啊！難怪大家皺眉歎息。古進文不時看看松英，松英也有意無意的向他注視，大家既談得起勁，他雖然心急也無可奈何。他這時最渴望的是和松英單獨散散步談談心，他好像有很多話非得趕快告訴她不可，而話題轉到稻田蟲害上去了。好容易松英的小姪女來拖著祖母鬧要睡覺，他才趁機站起來，看看手錶，日光節約時間已十點多。松英送他到禾埕邊。

「出去吃一盤水果好嗎？」他小聲的要求。

松英未置可否，卻回頭去看了看壬喜伯母。

「夜深了，出去不太方便。」老太太說。看到他失望的神情，又安慰似的說：「明天吧！」

古進文歸途又彎到街尾飼料店去，飼料店卻已關門了，想起四萬多元的欠帳，他的心情更鬱悶了。

三

帶著些微泥土的霉味和稻葉的芬芳的清風不停的吹著，臨晚一陣急雨，空氣潮溼涼爽令人陶醉。鄉村的夜是那麼寧靜，月色在雨後顯得更清明，是陰曆十七日了。

「你看，眞美。」松英指著前面銀色的大地讚歎地說：「難怪住下來的人捨不得離開，像我爸媽，寧願在田裏做工，叫他們去高雄大哥那兒，三天都住不下。」

她和古進文沿著大圳堤散步，這是他們常來的地方，除開夜間巡看田水的人以外，沒有汽車也沒有摩托車，居高臨下，視野很廣，還可以看到遠處松英家的燈火呢！

「可惜就是落後貧窮了一點！」古進文說。

「你怎麼會這麼想呢？」松英奇怪的望著他。

「大部分女孩子都喜歡繁華熱鬧。妳看，這裏沒有物質的享受，想請妳看一場電影總共也只有那一間破戲園，要選張片子根本不可能。只有來這裏吹風了。」

「我說過我要看電影了嗎？」

「哦！我只是打個比方。我是說鄉村生活落後，缺少享樂的事物。」

「你看月光底下的這片稻田，看這些清澈的圳水，又有像我這麼可愛的青春少女陪著你散步，還不夠享受嗎？」

「嗯！」古進文沉思了片刻，然後望著她很認眞的說：「還差了那麼一點。」

「嗄——？」松英瞪著他，擺出威脅的臉色。

「是啊！妳不肯讓我牽著妳的手，攬著妳的腰，情調不夠嚒！」

「你去做夢好啦！」松英吃吃的輕笑起來。

松英是個很活潑的少女，她跟古進文農工學校同學，低他一年級。雖然不同科，但是每天他們在同一個招呼站搭車，彼此也都很熟識，至於比較親密的交往，那是近半年來的事。

從古進文軍中退役回來後，他母親就急著要爲他訂下親事，經過多次的介紹和相親，一聽知古進文留在家裏沒有出去的打算，大都嚇得不敢再談。有不嫌棄做田辛苦的，程度又比較差，不合古進文的意。一拖一年多，古進文本身不急，當母親的可氣壞了。她眞不敢相信社會眞的已經改變，憑古家的屋舍田產，憑兒子的人才相貌，居然會連續遭遇失敗，而理由全是古進文在家沒職沒業。家裏兩甲多土地要耕管經營，莫非也是浪蕩無業嗎？累都累死了。貴祿伯母開始後悔把兒子強留下來的失策了。

半年前古進文爲哥哥送米去高雄，在客運車上碰見松英的時候，他一時眞認不出她來。松英個子很高，穿起高跟鞋甚至比一米七十三的古進文還要高一些，瘦瘦長長，略嫌身子單薄些。那時她站在他面前的通道上，長長的烏髮服貼平整的披在肩後，一襲淡紅色的洋裝十分合身，她就那樣輕盈安適的站立著，充滿了青春煥發的光彩，逼得他不敢直視。是她對他偷偷的笑了兩次，他才驚覺過來。

「長脚阿英！」他幾乎喊出口了。然後慌忙讓座。松英臉孔雖有些紅，卻也很大方的坐了下去，好像剛剛古進文硬吞下去的稱呼她已聽到了一樣，看著的眼色很有一些責怪的意味。

「眞是失禮，好久不見，沒有想到會是妳，妳改變得完全不同了。」

「比以前更醜了是嚒？」她仰臉含笑問。

「哪裏！不像從前那樣……」

「不像那麼醜了，是不是？」她好像存心逗他。

「啊！我絕不是那個意思。」

「嘻嘻！有什麼關係嚒！你心裏本來就是這樣想的，你敢說不是嗎？」

古進文相信自己一定臉孔通紅，附近的乘客有幾個很有趣的看著他們微笑，坐在她旁邊的一個高中學生還起身讓給他座位，他覺得全身都冒汗了。

「這個死丫頭！」他心裏暗自笑罵著，雖然感到自己被捉弄得哭笑不得，卻一點沒有屈辱的憤怒。

古進文想起那次邂逅，便從心裏漾出了笑意。在車上一個多鐘頭的旅程中，他沒有想到自己居然會跟她談那麼多。別後的生活，甚至返鄉後的理想和感受都輕輕地告訴了她。她沒有再嘲弄他，松英似乎很明白什麼時候該認眞嚴肅，當他說話時她認眞的聽著，偶爾輕笑一下表示高興，偶爾點頭表示讚歎。她眞是一個很奇異的女孩子，他很驚奇以前對她竟然會一無所知，從來沒有注意過她，白白浪費了那麼許多寶貴的歲月。

圳堤上的風勢突然強勁起來，吹得松英滿頭長髮四面飄散。古進文看著月光下的她一手按著頭髮，一手捏著一支草莖放在兩唇間不經意的輕咬的嫵媚的姿態，覺得已經是最大的享受了。

「喂！你又在做什麼夢啦？」她嗔怪的問他。

「哦！我想到從前。」

「想從前嗎？那一定不會想到我。」

「錯了，我正在想從前妳怎麼躲得我注意不到。」

「你怎麼可能注意到的嚒！」她說：「你的眼睛那裏看得到那個長長瘦瘦，又黑又醜的竹竿嚒！你們那一羣人怎麼叫我的？是不是長脚烏鴉？」

「天地良心，我可沒有這樣叫過。」他說。

「那你怎麼叫的呢？」

「長脚阿英！」他只好老實招認。

「總算還適合。喂！你知道我們那一羣女生怎麼叫你嗎？」她笑著看他。

「一定不會有好話，不說算了！」

「不過，我實在不好意思隱瞞你。她們叫你豬脚哩！」她神秘兮兮的說。

「亂講！」

「不信你去問玉蘭她們，我知道你的時候大家都這麼叫。」

「豈有此理，我那一點看起來像豬脚！」他感到忿忿不平。

「這我是不知道的。不過，天地良心，我可沒有這樣叫過。」

「那妳怎麼叫的呢？」

他原有些好奇，但當他看到松英臉上綻放出狡黠的笑容時，慌忙傾身上前去摀住她的嘴巴，她推開了他的手，笑得彎腰。

「拜託，別講。」他要求：「一定不是好話。」

「好吧！」她慷慨的說：「留著下次發表。」

古進文眞拿她沒辦法。松英性格非常開朗豁達，從不造作，她常常不在乎的調侃自己開心。雖然她沒有月曆女郎那麼美麗的面孔，但她靈巧聰慧善解人意。她的美是另一種形式，使他動心。

他們走到土地伯公神壇前，在石階上坐下來。伯公壇背倚著大圳面向田野，可以看到遠處馬路上車子的燈光來來去去。四周青蛙的鼓譟震耳，夾著遠方田家的犬吠。

「松英，妳眞喜歡過農村的生活嗎？」

「我媽眞以爲我懶惰高傲，不願意去工廠做工。其實上次我在木業公司，分給我的工作非常輕鬆，高中高職畢業的人有比人家更好的機會。我只是過不慣那裏的日子。工廠裏悶八個小時，碰到加班十幾小時，回去又關在鳥籠子一樣的房間中，半年多我頭痛胃痛沒有好過，回來才不痛的呢！」

「田裏的工作粗重多了，妳受得住嗎？」

「自家的工作，不趕時間。而且稍重的工作，我爸媽還捨不得我做呢！」松英很得意的說。

「是呀！這個，我也捨不得哩！」古進文也嘻嘻笑著。

「你呀，還輪不到。」松英朝他瞪眼，隨後又認眞的說：「也有很多女孩子不喜歡那種生活，可是沒有辦法逃避，人總是要工作謀生，還有更好的事可以選擇嗎？我不去沒有人罵我，但有時沒事做也煩得要命。」

「妳要是不回來，我也沒辦法再見到妳。」古進文誠懇的說：「松英，妳來幫我，好嗎？」

松英的眼睛映著月光顯得特別明亮，她默默的朝他注視著，臉上的神色十分嚴肅。

古進文情不自禁的握起她的雙手，她先低低的垂下腦袋，但很快她又仰起臉來，臉上又出現了她慣常頑皮的神色。

「我能幫你什麼事呢？你知道，我只會吃飯。」

「啊！多啦！理家、煮飯，還有：餵母豬。」

「你給我多少薪水？」她抽回手抱著膝蓋問他。

「我把我所能賺到的錢，一毛不留，全部付給妳。行嗎？」

松英慣有的格格笑聲，在靜夜裏聽起來更清脆了。

四

在鎮子裏，古進文碰到了高農時同班的好友硬頭和博士。意外的重逢三個人都高興得不得了。以前他們在學校是一個小集團的牛兄牛弟，都是排球的校隊。硬頭最高一直打前排，他的臂力強勁，一手刀下去，殺球無救。古進文打後排，專製好球給他。博士比較文弱，常當候補，但考場上卻是最佳護航，沒有他簡直他們都畢不了業。

「你們躲到哪裏去了嚒！我在金門寫信，沒有一個回我。」古進文責備著。

「我也正要問你呢！」博士說：「當兵回來我們便留在高雄。你呢？怎麼土頭土臉看起來像個耕田者啦？」

「一點都不錯，我是一個耕田者。」古進文開懷大笑。

光看穿著確實差異太多了。硬頭和博士雖也是鄉下青年裝扮，細花素色港衫、西褲，腳穿塑膠拖鞋，但是長髮披肩，滿嘴鬍鬚，而且態度隨便，坐在冰店的矮藤椅上，一個人身子歪向一邊，一手墊頭一手夾菸，高蹺的二郎腿不停的輕抖著。古進文再注意一下自己，短褲頭，舊汗衫，渾身曬得發出黑褐色的光彩，爲求涼快，連頭髮都剪掉了，這豈不正是鄉下農人的模樣嗎？古進文從來沒有注意到這些，他想到此，不禁感慨萬千。在學校時代，他也是很講裝扮的，都愛表現前進和油條的啊！

「你退役後一直就沒有出去找事嗎？」硬頭很驚訝的問：「爲什麼不出去呢？」

「在家裏有什麼好做的？」博士也問。

古進文發現很難把自己的想法和境況解說淸楚，可以使眼前這兩個寶貝明白他並不是在鄉下偷閒躲避，他也是在苦苦奮鬥啊！

「大鼓，出來吧！我那邊公司隨時招人，只是開始錢少一點。如果你願意，還可以考個夜間部來讀讀。」博士認眞的勸他：「不贏過你在家混日子多多嗎？」

「揑泥卵沒出息，年輕人怎麼可以躲在鄉下嚒！」硬頭也說。

「硬頭混得不錯，上個月升做組長，每個月差不多有一萬塊的收入了，工作比耕田不知輕鬆多少！」博士說：「一個月工錢換兩千斤乾穀，大鼓，你田裏割得出來嚒？」

「你頭腦比我好，跟博士一樣考夜間部進修不好嚒？博士讀工專，都升二年級了，又不妨害賺錢。」硬頭說：「在鄉下不行呀！」

「博士，你到底還是如願考上啦！」古進文驚奇又羨慕的說：「還是你有辦法。」

「哎呀，大鼓，莫大驚小怪，是私立學校的夜間部，我公司有不少人在那兒。」

「還有哩，博士下月要訂婚，對象就是他現在班上的女同學。」硬頭鄭重宣布。

「哈！你們兩個人今天存心要讓我吃驚的是嗎？怎麼全是大消息嚒！」古進文說著眞樂得大笑起來了。

「你才使人吃驚哩！」博士說：「我們一直以爲你在北部得意！」

「說眞的，大鼓。」硬頭說：「家裏反正沒事，出來嚒！外頭女孩子多得像禾頭裏的烏嘴雀，漂亮又大方，你這風流面的一定左右逢源。絕不騙你。」

「我那有那麼好命！你們眞以爲我在家享清福哩！」古進文笑著說：「一年來我種了一甲多的木瓜，整理成園子，我還蒔一甲稻子，大大小小餵八、九十隻豬，有時還要駛鐵牛去替人犂田運沙石，忙得我常常屙屎都沒閒工夫拭屁股哩！」

這一下博士和硬頭眞吃驚了。

「我家裏沒有人手，你們是知道的，總要有人來接手，是不是？」古進文眞誠的解釋。

「收入還可以嗎？」博士問。

「稻子平平，養豬虧本，木瓜不錯，上星期有水果販出價一年十二萬，我開價十五萬，如果談得成我便賣掉。」

「哇——啊！原來你發財了。」硬頭驚喜的叫起來：「你搞得不壞啊！看來我也要回來種木瓜才好。」

「我倒是替古人擔憂了。大鼓，不簡單。」博士由衷的讚賞：「你也教我們一手吧！」

他們越談越起勁，博士還報告了戀愛的經過，最後約定下個月博士訂婚時同行才分手。

離開冰店後，古進文整天都感到心頭鬱悶。年初他分期付款買了一部耕耘機，他到土地銀行去繳納第三期款。然後彎到收購外銷豬的阿福仙家去探聽行情。阿福仙家滿屋子客人，有他認識的，也有他不認識的，無非是愁眉苦臉的養豬戶。情況依舊，外銷停滯，豬價下跌。

「我不能囤積等價，賠錢也要賣呀！」與古進文同街的阿吉在歎氣。

「不是我不肯捉豬，上頭限制頭數，實在沒有辦法。」豬販阿福眉頭皺得最深：「有錢賺的事我那有不做的！莫心急，總會輪到你。」

古進文沒有多坐就出來了。這次像他這樣虧損五萬塊錢左右，其他小養豬戶大概不過一、兩萬元的損失，問題是養豬爲農村唯一增加收入的財路，失去了這條財路等於希望破滅，無怪乎每個人都如喪考妣。古進文想起昨天時報上的一個大標題：「商情充耳不聞，閉門猛養毛豬，如今價錢叫苦不迭，有關單位扼腕歎息。」不由得他不苦笑起來，像自己和阿吉這些人，只知道耕田就要兼養豬，自古以來便是這樣，想多賺錢就要多養，誰去爲他們打聽商情呢？又到哪裏去打聽呢？好好的外銷的路子會斷掉，即使虧本虧得兩眼含淚，卻也仍是莫名其妙。

是不是要堅持苦撐下去呢？古進文近來常常考慮這個問題。爲了向博士和硬頭示威，殺殺他們洋洋得意的氣燄，他誇大了自己的成果，確實，十五萬元在農人和工人的眼中都是一個大數目。但他沒有爲他們說明，木瓜所以能有高價是因爲毒素病猖狂，木瓜園一個又一個失敗了，他甘願冒著血本無歸的風險種木瓜，他幸運自己的園子一時沒有染病，所以他有運氣該當賺錢，這也算成功嗎？而且，雖說是包租一年期，事實上連栽種到開花結果，也要十個多月，除掉農藥肥料，再平均一下，每個月的所得也實在很有限。

農家做什麼都要碰運氣，運氣好，養豬碰上好價格，種水果也碰上好價格，運氣不好，那是自家倒楣。有沒有誰能給農家一直享有好運呢？那眞功德無量了。

五

報紙、電視和廣播都為了超強颱風方向正對台灣而喧嚷，街上消防車也不住的馳奔警告。稻子正出胎，穀穗大量的掙扎出稻莖，最需要明亮的太陽和緩和的輕風；木瓜纍纍掛滿了一樹，每個都有碗口那麼大了。颱風的消息令貴祿伯和古進文擔憂得不得了。輕度颱風已經足夠摧毀木瓜園了，何況來的是超強級大颱風。

兩天來天氣就是陰雨不停，四點多大地就顯得一片昏暗。不斷的有注意防範的警告聲傳進每一個人的耳中。怎麼去防範呢？兩千多株木瓜要豎支柱也來不及，而且效果也令人懷疑。入晚後古進文把各進水口緊緊封住，豬欄的遮雨棚全部放下繫緊，關好門窗然後便只有聽天由命了。

房子應該是安全無虞的。貴祿伯母一直希望有一天兒子終於能回來在她身邊大團聚。老伙房經過她整修，青堂瓦舍的十分宏偉。她為三個兒子都設計好了，每人一部分，廚房客廳浴室全部齊全，每逢年節或二老生日，子孫全部回來鬧烘烘的滿伙房都是人，那才是貴祿伯母最覺心滿意足的時候。可惜一年中大部分時間都只有兩個老人伴著一頭大黑狗守著這麼大一所伙房。平時貴祿伯母要維持每一個房間的清潔，隨時預備著讓子女回來可以住得安穩舒適。這種工作雖然她毫無怨言，可是也不能不承認這是一個很重的負擔。每個月或是連續幾天的雨天，光把棉被蓆褥搬進搬出的曝曬，便夠她累好幾天。有親戚勸她把房子分一部分租出去，減輕負擔又增加收入，但只要想想有一天子女全部回來時無法安排，說什麼她也不同意了。如今最好，小兒子進文回來，頓時大伙房就有了生氣，即使是超強颱風，貴祿伯母也覺得安全穩定。

一夜大雨不止，颱風居然在大家惴惴不安之中改變了方向，順著一個最理想的路線錯過台灣，迅速遠去。天色才微微發亮，古進文趁雨勢稍止，穿著雨衣急忙騎了摩托車就到旱畑木瓜園去巡視。他一夜沒有睡好，只擔心木瓜全倒，那麼一年的辛苦也就隨風而去。這是賺錢唯一的希望。他沒有想到父親也一樣的放心不下，他才到一會兒就看見貴祿伯騎著他的老摩托車也隨後到達了。木瓜安全無恙，只有少數幾株因爲泥土太軟傾斜，父子倆都同時鬆了一口氣。

「前兩天那個水果販子來過，出價到十三萬五，我看還是賣了好。」貴祿伯和古進文站在園子中央，老人認命的說。

「我看對方是很中意的，又躲過了這次颱風，我希望能賣到十五萬元。」古進文很有信心。

「我是擔心人家出不到這個價錢怎麼辦。」老人有些不安。

「媽媽從前不是說過嗎？有物不愁人，無物才愁死人。人家不包，我摘出去零賣。」

「恐怕沒有那麼容易。又不是十棵八棵，等到大熟時，一天可能摘得到一卡車，小鎮才有多大，你銷到哪裏去呢？」

「我一定想辦法到高雄去找市場，或者乾脆直送台北。我就不信我賣不出去。」古進文說。

「農家就這樣才慘。有物變不了現金，不等生意人來爲我們代銷就一點辦法都沒有。我看算了。」貴祿伯還是很認命：「十多萬元先拿到手重要，也好爲你把松英娶回來。」

「啊！爸爸，你怎麼知道松英呢？」

「咄！你眞以爲你阿爸又老又懵懂了嗎？有什麼事我不知道的？你一舉一動我都看得清清楚楚。」

「我不知道爸爸派了間諜偵察我。」古進文笑著說。

「呵！還用得到派間諜呀！從小養你們到大，你能變什麼花樣還能瞞得過我？你那小尾巴一翹起來，我就摸得透你要屙屎還是要屙尿。」

「爸爸在吹牛騙人吧！」古進文說，臉上顯得有些沮喪，即使是父親，被人看得清清楚楚，到底也是令人難堪之事。

貴祿伯莫測高深很得意的笑起來。

「不過，那個，」古進文說：「木瓜的出路問題，我會到高雄和台北去打聽路頭。

我不信我非靠人家不行，說不定我也會做水果販子。」

「算啦！老老實實做個耕田者好了。一個人無法樣樣兼顧。」貴祿伯嚴肅的說：「你不是專業的人，又沒有相熟的商行。冒冒失失送貨出去，俗話說的：貨到念頭死。到時被人吃定才不划算呢！」

古進文唯唯點頭，但是心裏頭總是不服。

「讓我先把排水溝挑好吧！」他告訴自己：「過兩天邀松英上高雄去。」

天已大亮，空中烏雲仍然密布，陣雨又下起來了，古進文陪著父親回家吃早飯，他的心情忽感開朗。

六

貴祿伯母認爲當前最重要的事務，莫過於娶媳婦了。松英她是自小認識的，雖然瘦了一點黑了一點，但貴祿伯母很寬大的不把它視做缺點，這個大伙房等待新主婦已經很久了。

「黑一點有什麼關係！生過一個孩子也會長肉了。」她安慰自己。

她是個說做就做的女人，古進文請她稍安勿躁她根本聽不進去，七、八兩個月不做親事卻不見得不能提親，她打算準備的工作先進行，九月一到就爲年輕人成婚，她最大的心願也就完成了。

貴祿伯母眞沒有想到松英的父母對進文還是有意見的。對親事他們沒有反對，但也沒有熱烈的贊成。被請去說媒的進文國小時老校長回報消息時，表示要進文找一個正式職業，高職畢業的人在家總讓人覺得不正經。有一個職業對方才不覺得自己的女兒屈辱。

「眞是沒有道理。」貴祿伯母一連幾天心裏不痛快，而且也不知道自己是否應該繼續進行。古進文對此倒是不太放在心上的。他興沖沖的和松英一同坐車上高雄去。壬喜伯母對年輕人同遊的事不太高興，但除了告誡他們不可長途騎機車以外也沒有阻止女兒。對古進文這個青年，雖然不是十足滿意，但事實上松英的家人早已默認了。

在高雄，古進文依果販給他的地址找了兩家經營水果的商行，都是家庭式的，沒有一點規模，除了屋裏堆積的竹簍和硬紙箱外什麼也沒有。對他的問題也沒有明確的答覆，價格和數量完全沒有保證。松英陪著他最後在果菜市場邊找到一家，男主人胖胖的，非常親切。

「水果市場價天天差不多都不同，當然品質也有關係。」他誠懇的告訴他們：「你們如果不棄嫌要跟我們做生意，請你先送一部分貨品來，講定大概數量讓我安排，沒有問題的。」

店主人姓鄭，很熱情的接待了他們。古進文在那兒跟他談了很多，市場的商情，水果生產的困難等等，倒像老朋友在聊天。他們出來的時候，鄭老闆急急忙忙去翻出名片，要他隨時聯絡，還說要去參觀古進文的木瓜園。

走出大街上，古進文心情暢快極了。看手錶已十一點多，松英建議到她二姊家午餐。

「不要，今天不去找親戚，只要妳和我兩個人。」他興致很高，拉著松英的手往前走：「我知道有一家餐廳很不錯，吃過飯我們上歌廳聽歌去。」

「算了，上歌廳我沒有興趣，花錢又多。」

「你不是很愛聽歌的嗎？」

「那也不必上歌廳呀。」

「要不就去趕一場電影好了。」

「跑到高雄來看電影，多沒意思。」

古進文沒有主意了，他看著松英。

「妳說我們上哪裏去呢？」他問。

「我也沒有主意，到舞廳去我不會跳舞，到咖啡室去我覺得不正經。如果我小一點就好了，你可以帶我去旗津坐渡船，看看港口的大海輪，然後還可以到西仔灣遊動物園。」

松英說著笑起來：「可惜我太老了。」

「先吃飯再說，然後乾脆去逛百貨公司看看有沒有什麼新奇的東西，喝個咖啡好嗎？」

「只好這樣了，每次我到這裏，除了二姊家，也不知道要到哪裏去，眞無聊。」松英說：

「我們怎麼走？」

古進文拉她到街沿招手，一部黃色的計程車很快便停在面前了。

還不到十二點，餐廳沒有其他的客人，好像整個都是爲他們準備的。淸靜、涼爽、潔淨，連服務小姐都顯得特別親切有禮。松英很滿意周圍幽雅的情調。

「妳看，不到高雄，哪能享受到這種氣氛呢？」古進文看著她說。

「這是要花錢買的，沒有錢你敢進來嗎？」松英不服的看他。

「不錯，妳剛才說沒有地方可以去，如果敢花錢，比這裏更好更有趣的地方多的是，只是有些地方妳們女孩子去不得。」

「哼，你以爲我不知道你說的那些事嗎？花天酒地、醉生夢死，算什麼享受嘛！大都市全是充滿黑暗的。」

「哪可這樣說它。都市裏大家急急忙忙趕工作的人多得是，像我二哥，夫婦上工廠，緊張得要命呢。享樂的只是一小部分人。」

「這種都市的生活我是沒有辦法適應的。」松英苦笑著搖頭。

「看來妳命中註定要在鄉下苦一輩子的。趕快找個耕田人嫁掉好了。」古進文說。

「問題是像我這麼可愛，又樣樣精明能幹，恐怕眞正的耕田人不敢要我。」松英笑起來：「你叫我到什麼地方去找嚒！」

「眼前就有一個眞正的耕田人。」

「你是在推薦你自己嗎？」

「正是在下。古進文兄。」

「你敢要嗎？」

「老實說我是有點怕。不過我的母親一直想爲我找一個厲害脚色整我，她好像認定妳夠資格了。」古進文正經的說：「前天不是還拜託了我們的老校長出動嗎？」

「嘻！我父母認爲你不老實，我聽到好像在罵你。」

「是啊，還說我在家閒蕩，沒有職業。妳呢？妳要不要？」

「我嗎？嗯！」松英忍著笑，煞有介事的注視著他說：「讓我考慮看看。」

「我會天天爲妳打洗澡水。」古進文笑著。

「嗯！我還得問問淸楚。喂，古先生，你家裏有兩棟菸樓嗎？」松英眨著眼睛問他。

這是地方上的一個笑話，原來農村經濟作物菸草是他們地方的重要收入，有菸樓就代表有財富，種菸面積越多財富也越多，可是持有種菸許可證的人有限，不是家家都有的，所以女孩子在有人提婚時，總要先探聽一下對方家裏有沒有菸樓，有兩棟菸樓的簡直是豪富了，當然是女孩子追求的富貴人家。這是十幾年前的情形，十年後的今天情況改變了，可以獲得同樣報酬的工作機會已多，菸草價格沒有相對提高，而種菸偏又是最費工最辛苦緊張的工作，女孩子談菸色變，早已興趣缺缺。據傳是五穀廟地方一個女孩子，在訂婚前幾天打聽到對方有兩棟菸樓，嚇得連夜北上逃避，婚事只好告吹，一時成爲地方上有趣的話題，幾乎沒有人不知道。

「啊！有，我當然有兩棟菸樓。」古進文擺出很驕傲的神氣，一邊說還一邊拍著胸膛。

「喲！太好了啦！我一定會考慮。」松英也故做驚喜的樣子，她裝得眞像。古進文正想大笑，餐廳服務小姐已開始爲他們上菜了。菜很精緻可口，盤子更是光潔華美，松英是能喝酒的，古進文給她滿滿斟了一玻璃杯啤酒。

「看來，賺錢還是重要的。」她感慨的說。

「當然重要，妳看我在拚死拚活，不是就爲要賺錢嗎？」

他們靜靜的互相碰碰杯子，享受了片刻寧靜。有別的客人進來了，是一對夫婦帶著三個孩子，鬧鬧嚷嚷的，像是全家出來遊玩，男的肩掛著照相機，女的還抱著一個孩子，提包裏奶瓶奶粉罐子，一眼可以看得清清楚楚。這也是一種都市的生活，在鄉下是看不見的。

「你那園木瓜呢？要直接運來交給商行是嚒？」松英輕聲問他。

「我的鐵牛車是不准駛上省公路的，自己不可能運送。要請貨車又必須每次湊滿一台才合算。恐怕沒有辦法自己銷售。」古進文說：「我剛剛在想，如果我有更多土地就好了。」

「一甲多已經不少了啊。」松英說。

「要一個人放下全部精神力量來經營就太少了。如果我有十幾甲甚至二十甲，可以買一部小貨車專心來做。可惜我沒有。」

「那你有什麼打算呢？」

「再吊高價錢包給莊尾那個水果販子，我想堅持十五萬他會買去，最少也要十四萬五。」

「伯父的意思呢？」松英問。

「我爸爸一向是『得少勝多』，只要有些小赢頭他就高興了，人家出十一萬的時候他就主張要賣。」

「知足常樂啊！」

「問題是木瓜園包租出去後，到九月底割稻子我沒有事可做，時間白白荒廢掉。」

古進文很沉重的說：「你媽媽又要說我在家閒蕩了。」

「你的鐵牛車呢？」

「雨季到處是水，也沒地方採沙石呀！」

「你想要走了嗎？」松英吃驚的注視著他。

「近來我不停的在考慮這個問題，也不斷的想起博士，就是傅信博，妳也認識的。他今年工專夜間部要升二年級。白天他在塑膠公司工作。」

「我前些日子見過他，他充滿了信心。」松英承認的點點頭。

「這個月底他要訂婚了，還約我一同去。」

「你很羨慕他嗎？」

「我回來一年多，該整理的都已整理好了，現在家裏實在並不很急迫地需要我。如果有一個人可以幫助我餵豬，日常巡巡田水料理雜務、照顧家庭。博士能做到的，我想給我機會我也可以做得到。」

古進文喝乾酒杯，爲自己和松英再添了酒。他的眼睛發亮，臉上充滿企盼的神色。他的眼光雖然定定的望著松英，但松英感覺到他的眼神是透過她投向了那渺遠的世界，她並不嗔怪他。

「現在我仍靠哥哥每個月送回來的錢幫忙維持家庭。我要自己找一份薪水，連生活還靠別人，豈不笑話？」

「你不想耕田了嗎？」松英幽幽的問。

「做工也有星期天和假日啊！騎摩托車從家裏出來差不多一個鐘頭，我可以天天通勤，很多人也都這樣做。再不行每個禮拜回去三次，一定可以做到。」

「這樣太辛苦啊！」松英不安的反對。

「只要有人幫我日常照顧，農忙的時間不多，我甚至可以請假幾天。兩個老人有人照應，我便沒有後顧之憂。我可以辦得到。」古進文說：「這樣我就是兼職的農夫，還是可以管理我的田地。」

古進文顯得有點興奮，光顧談話，他們酒菜都吃得很少。他撿了幾樣松英愛吃的菜，放在她的碗中，還逼著她吃下去。餐廳這時人聲嘈雜，原來早坐滿了客人。

「如果你肯。」古進文傾身向前壓低了聲音在她耳邊說：「妳來接替我的位置，我就是世界上最快樂的人了。」

松英微俯著頭沒有看他，不知道是不是啤酒的作用，古進文注意到她的雙頰升起了兩片紅霞。知道他在注視自己，松英臉上紅霞更濃了，她輕咬著下唇不肯抬頭，那種嫵媚是古進文從來沒有看過的，使他動心不已。他等著，許久許久她才抬頭瞪他。

「討厭！你眞要我親口告訴你嗎？」她氣沖沖的問。

「啊！不必要啦！」古進文心裏高興得大叫。

餐廳人潮更洶湧了。但是古進文完全不知道還有別人存在。他付過帳握著松英的手往外走去。門外，夏日的炎陽正把它所有的光熱拋向大地。

——原載一九七九年十二月四～六日《自立晚報》副刊

約克夏的黃昏

「冷凍豬肉試銷歐洲成功。台糖公司表示，第一批順利運達荷蘭鹿特丹自由港，該地超級市場與肉商等，對這批冷凍豬肉的品質、包裝、規格等，都非常滿意，認爲台灣冷凍豬肉外銷歐洲頗有前途，可以爲台灣養豬户帶來新的希望。……」

隔壁里長伯家客廳裏電視機每天報告新聞，往往正好是我輩進晚飯的時候。由於我輩吃食時咀嚼的聲音相當響亮，所以新聞內容一向聽不分明。其實里長伯的電視聲音經常開得很大，只是我平常對電視節目很挑剔，除非是張麗明唱歌那種嬌嬌的聲音或是什麼的，我就寧可把脚伸得直直讓自己舒服地入夢。這段新聞所以能在我全心品嚐晚餐的滋味的當兒，突然刺激我的神經，引起我的注意，當然是因爲它談到了豬肉外銷的消息，這件事與我關係重大，甚至可能決定我們事業的存續。新聞就這麼多，接下去是波蘭政府鎮壓工聯的消息，與我無涉，於是我又專心大嚼進食。感謝里長伯，給了我們些許生活上的樂趣，尤其在這段慘淡生活中間，日子相當乏味。我知道，待會兒晚餐過後，又有哭哭鬧鬧頗對我輩胃口的連續劇故事可以解憂排悶了。

說起里長伯這個人，我私下以爲他還相當古道熱腸，只是有點「沙鼻」愛人家奉承，本人也有點「膨風」，此外，村子裏只要有人找他蓋章或出什麼證明的，他從未拒絕過，而且還常常指導那些戴笠子的人怎麼去鑽漏縫，領取些許災害或建設補助費，或是逃漏些許田賦水租什麼的，所以逢年過節，也時常收到一些閹雞香腸啦之類的禮物。像他這樣精明又能經常惠而不費的服務村人，連任三次可就不算什麼稀奇的事情了。至於我們有幸能被他老人家關心到，最主要原因是我們的屋舍正接著他家客廳的後壁，這也是我能經常欣賞到他家電視節目的道理了。不過，比較遺憾的是里長伯對我們緊鄰他家客廳的事，嘖有怨言。此外，臨街路屋簷底下他家「里長辦事處」的小小招牌，又總被我們這邊「第一強」的大招牌擋著，而「第一強」三個大字底下一隻通紅的大肥豬，活靈活現的，嘴巴正對著他招牌上「里長」兩個字，里長伯出入經過，只要抬頭看到，必定皺眉怒目，咬牙切齒，這是我出勤時親目所見，絕非造謠。

其實對里長伯提出的意見，我們頭家倒也從善如流。原來我們這邊招牌上寫的是「中國第一強」五個字，掛了半年左右，使得每一個經過門前的人都忍不住大笑，收到的廣告效果有多大就不必說了。那時節我剛出道，每次出入看到這面招牌，便深感驕傲。後來里長伯忍不住終於對我頭家理論，甚至還勞動了分駐所裏年輕的警察先生也出面，三方面經過多次商議，招牌上就只留下目前「第一強」三個字了，旁邊「胎胎十二，隻隻順利」的小字不變。

我們這種行業，自古便遭人賤視，直到今天，我還偶爾聽到別人說「媒人錢，豬哥米，吃了沒好死」之類的話。當然這些話都是背著我的頭家說的，人家不把我當人看，當著我的面，什麼話都說得出來，有時眞的很傷感情。實在的，我們這位頭家不是我們自己吹牛，公道正直，說他會「沒好死」我就不服氣。

雖然說我跟頭家只有幾年時間，但由各方面聽來的資料綜合起來，對這個人也有了相當的了解。頭家姓古，只有國民小學的學歷，因爲沒有唸初中，所以結婚得特別早，二十三歲當兵服役的時候已經有了一個兒子，三年服役回來又添了一個女兒，以後隔年一個，生了兩男兩女才結紮不生。頭家祖產水田他分得二分多，勉強可以餬口。只是孩子越大生活負擔越重，農業收益既低，要負擔孩子學費和現代物資生活，自然要另謀生計了。

我不知道這頭家爲什麼會選上這一種行業的。孩子拖累著要想進加工區去做工，確有行不通的理由，農村又沒有工廠可以做工，有人買鐵牛車或併裝車兼營搬運工作，也有人養肥豬養魚養雞。頭家先代並沒有人做過這種行業，所以當他決定要投資掛牌時，整個家族除了頭家一個人外，全都極力反對。頭家父母是早已不在了，據我的前輩轉述，他那位嫁給有錢人家的大姊吵得最厲害，幾乎要與這不長進的兄弟斷絕姊弟情義的地步。據說爭吵的聲音之高，驚動了半條街。那種盛況我很遺憾沒能躬逢，不過，對目前這塊招牌，頭家那位姊姊確實很當做是家門的羞辱。我聽過她一再的勸告頭家把它給取下來。

「我們家雖然窮，但是世世代代也清清白白的。你要牽豬哥我不能反對，可是這種事也值得掛招牌來宣揚的嗎？名揚四海很光榮嗎？也不怕人見笑。」

「農會有畜牧部，專門替人家人工授精，牛和豬都照樣做，怎麼沒有人笑？」頭家反問。

「人家是獸醫，你能跟人家比？人工授精至少不必牽豬哥到處去丟人，比你高尚多了。」

「人工授精的工作就比我高尚了？妳有沒有去看過人家怎麼做的？哦！他們做的就高雅啦？」

這樣吵過幾次，頭家始終還是掛著招牌。我跟頭家合作時，頭家事業正處在黃金時代。雖然開始時有些生疏，不過，以我工作的性質而言，要說不能完滿達成任務，那真有負造物的苦心了。

似乎我應該說明一下自己的身分，以便世人了解我這奇特的一生。文雅的說，我是一隻純約克夏種公豬，專司傳宗接代。謝謝！請莫見笑。

嚴格說來，做爲一隻公豬，我這一生確曾風光過一段日子。那時頭家業務進展得十分順利，在他的經營下，我們成員增加了，有幾隻與我一樣，都是坐過大海輪飄洋過海從歐洲英國或瑞典來的，每一隻都身價非凡。頭家下了這麼大的本錢，卻也取得了客戶的信心，附近幾個村莊全都是他的地盤，光我一個，最多時一天出勤四次，頭家更是整天跑個不停。照料我們日常生活的是頭家娘，也是一個身材高壯的女人，據說與頭家原是田鄰，從小便是青梅竹馬的交情。或許是早婚的關係，她十七歲就嫁給頭家，十八歲就當媽媽，現在雖然才三十幾歲，在外面讀書的兒子就比她還要高，所以她看起來也特別蒼老，在不修飾不笑時，簡直就像是上了年紀的女人一般了。我喜歡看她的笑臉，聽她的脚步聲。過去，每當她端著塑膠盒，在我的食槽裏敲一個雞蛋給我加餐時，我就立刻明白，又有勤務要出，然後我便站在門邊等頭家來趕我上車。雞蛋的滋味實在太美好了，含在口裏時那種涼涼的、芳甜的感覺，回味起來都讓我全身舒暢，口水直淌。那樣風光的歲月過了兩年多。後來我發覺到吃雞蛋的次數越來越少，甚至連出勤務也不再有雞蛋可吃了。然後我們的飼料份量減少，原來的一升減到半升，最後三餐也改成了兩餐。

於是我必須成天處在飢餓的狀態中，整天想著食物，幸好自來水是自動流入水槽的，供應無缺。也不知道是不是營養不良影響了我的視覺，我總覺得這兩年來頭家娘笑容越來越不容易見到，對我們越來越不耐煩，似乎看上去，她整整有五十歲那麼老了。

近一年來，我出勤的次數不多，兩、三天難得有一次。原來的夥伴像隔欄的藍瑞斯和巴布谷兄弟被出賣到鄰村大養豬場去服務了；與我同時進來的盤克夏老兄，老早被送進罐頭工廠；如今只剩下我和杜洛克二口，其中我年歲最高，體型最大，頭家幾次對我搖頭，那眼光親切中含有憐憫、憂傷，看來，我能再工作的時間也不會太長了。

我眞是熱愛我的這份工作。不說工作本身的這份樂趣，它更使我感到生活的意義：繁衍族類！生命中還有比這件事更重要更神聖的嗎？

我還清楚記得我第一次出勤時的情景，當然，那已是多年前的老事了。那戶人家姓朱，住在村子外面遙遠的山麓底下，是一座獨立的家園。開始時我聽頭家稱呼他朱哥朱哥的，還以爲與我輩同類呢！

朱家在小山坡頂上，有小路蜿蜒通到山脚的產業道路，頭家每次都用摩托三輪車改裝成的鐵籠車把我拖到山底坡前，然後趕著我一同步行上山坡去。朱家的房子是由刺竹穿鑿搭建而成，竹籠壁敷水泥，再用石灰粉得白白的；屋頂蓋油臘紙，雖然簡單，卻也清清暢暢。豬舍在居屋後面，一邊是竹叢，另一邊有水溝盤繞通過，我喜歡那兒的環境。

「哎喲，阿朱哥，又蓋了新豬欄了啊！」頭家驚訝的讚歎著。可不是嗎？在刺竹搭建的豬舍後面，聳立了兩間磚柱紅瓦的新豬舍，比主人的居舍更顯得氣派呢。

「嘿嘿！沒有地方關了，只好再蓋兩間。」阿朱哥有點不好意思的笑著，好像偷吃被大人捉著的孩子一般。

「養肥豬還是添買母豬呢？」頭家笑嘻嘻的問。

「嘿嘿！婦人家說，人家買豬仔回去養大還要賺錢，反正閒著，豬仔就留下來自己養。」

阿朱嫂是高高瘦瘦的婦人，夫妻就兩個人住在這山寮下，如果不是有一次我們湊巧大年除夕來這裏，我還不知道他們一家老老少少有幾十口人哩！阿朱哥有兩個兒子在高雄加工出口區做事，媳婦也都在工廠做工，只有一個女兒在台北讀大學，聽說在寒假暑假時一定回來陪伴老人，平時兒孫全不在身邊，好在有這許多豬要照料關心，不然豈不寂寞死了？我看阿朱嫂跟她餵的豬喃喃的說著話，好像那是自己的子女一般，看得我又嫉又羡，所以她餵的豬長得快，要說我輩是沒有靈性的蠢物，我是絕對不贊同的。

「啊呀——，古錐仔。你趕這隻豬哥來，才這麼小有效嗎？」阿朱嫂對我稍嫌薄弱的身材似乎信心不足，不斷的前後打量我。

「妳不可小看了這隻約克夏啊！我花了一萬多塊錢託人從外國進口呢！今天第一次

趕出來，半年多了，應該夠雄了。」頭家爲我辯解。

「嘿嘿，原來是處男哩！」阿朱哥笑著。

「可要有效才好。」阿朱嫂遲疑了片刻，終究還是承認了我的身價：「看外形還不錯，後臀圓圓的大概肉長得夠厚吧！」

「包管胎胎十二，隻隻順利。」頭家說：「是那隻本地種新母豬嗎？我們去看看。」

如果以我的審美觀來看，這隻本地種母豬實在醜陋不堪，肥額大耳，彎腰垂肚，從側面看過去，就活像一個大凹字。全身烏皮黑毛髒兮兮的，而且滿臉皺紋。據說選購這種母豬，面孔越醜越好，如果這個條件確實，眼前的這隻母豬可以稱得上是上上之選了。

「你看這是桃園種的還是美濃種的呢？」阿朱哥站在竹欄干前，右脚踏在欄杆上，用下頷指著問。

頭家打量著，拉起母豬耳朶，再拉上尾巴，母豬正是暈陶陶的時節，除了低沉沉的唔唔輕吟外，連一動也不動。

「看樣子是桃園種，後臀肉多。」頭家說。

「希望能像我那條母豬一樣好，每胎都十五、六隻，豬仔又白又長。」老人企盼的說。

我繞著竹圍欄杆來回了兩、三趟。雖然說對手模樣難看，但是空氣中似乎有某一種氣息，也可能是母豬身上發出來的氣味，讓我深感緊張焦躁，全身血液都快沸騰起來了。腦子裏好像有一股什麼力量在驅使著我，讓我深深覺得有重大的任務非完成不可，這是我過去從未有過的經驗。

「來來，豬哥，把這個先吃下去。」阿朱嫂端著一個金屬水杓，裏面赫然有兩個敲開的雞蛋，連仁帶殼，這是從家裏出來前，頭家娘剛給我吃過的，以前我還不知道有這樣美味的東西呢！雞蛋使我的注意力稍稍從母豬身上引開了，我三口兩口便吞下了兩個蛋，還舔乾了水杓。

「對，好好吃下去，才是好豬哥。」她笑盈盈的說。

我發覺阿朱哥先是一怔，隨後像想到什麼好笑的事情一樣，呵呵的笑得好開心。

「走吧！我們去喝一杯茶，讓牠休息休息，調養好氣力，比較保險。」阿朱哥說。

確實，在爬上這條山坡，走了好長一段路程之後，我有些心浮氣躁，腿部痠痛。眞想躺下來小睡一場。

「這兩間豬欄蓋得眞好，比你住的房子還要舒服呢！」頭家指著磚造新豬舍笑著說：

「應該蓋間樓房來住了吧！」

「呵呵！我小女兒這次回來嘮嘮叨叨唸了好幾十遍，豬比人住得好。豬可以賣錢，人賣不出去呀！呵呵。」阿朱哥說：「洋種白豬要沖洗，要講衛生，大家都在養，要想賺兩個錢哪，只好投點資本啊！」

「是啊！將來賺了錢就蓋樓屋。」

「算了，我們兩個老骨頭還住什麼樓屋，這些孩子將來沒有一個會再回來耕這一點田地，有本事讓他們在外頭買去。」阿朱哥說：「我們啊——住慣了穿鑿屋，涼爽又通風呢！」

這兩個老人眞是好主顧，兩年間每隔兩、三個月我們總要爬一次他們屋前的山坡，吃阿朱嫂兩個雞蛋。甚至，他們還指明了要我來服務哩。所以，我眞不願意看到這麼好的老人遭到不幸。上一年秋天，我們最後一次見到他們，豬舍除了那頭本地母豬外，全都空了。豬價慘跌，把養豬當作副業來做的農家，沒有一個不虧大本的。

「這隻老本地母豬也沒人要，你又不能不養牠。」阿朱嫂依舊給我兩個新鮮的雞蛋：「我二媳婦要我到高雄去幫她看孩子，她進工廠一個月可以賺幾千元，補貼生活也好。養豬虧損了幾十萬呢！」

這以後便沒有再見到這兩個老人，也沒有聽到任何有關他們的消息，不養豬了，阿朱嫂好像忽然老了十多歲，滿臉的寂寞無聊。我希望她能到高雄去照顧孫兒，也希望她的孫兒能像我輩兒孫一樣帶給她希望和歡笑。

像阿朱哥夫妻這樣的人，我在這短短的一生中見得多了。事實上由我們村莊輻射出去鄰近的幾個村莊，我所見過的人，無一家一人不是這樣勤勉勞苦又節儉的。我四個月大時被送離英國，在那裏我從父母叔伯那兒得到的印象中，從沒有想到有人類會像這裏的人這麼拚死工作操勞的，我所見到的那些人，比此地的人眞是舒服太多了。有時候我與頭家出勤回來得太晚，頭家馬達三輪車都開燈了，我還可以依稀看到路邊夜幕中戴著笠子的人影在田野裏趕工。他們就是這樣的勤奮。我聽過一頭本地母豬說過，早期在她祖母的時代，人們爲了讓家中飼養的豬可以更快長大，他們三餐煮飯時，把煮成半爛的米粒糟粕撈起來放進蒸籠燜乾了吃，把精華的飯湯留給我輩享用。生長在這兒的我輩子孫，眞是太有福氣了。就是今天，像阿朱哥嫂這樣，豬欄蓋得堅固通風，而本身卻住得簡陋的情形，還是處處可見。這兒的氣候溫暖，物產又豐富，差不多年年都風調雨順，像這些人這樣勤苦工作，要是不能富足，那眞是沒有天理的事啊！

養豬做爲家庭副業，在這個地區已經是天經地義的事情，只要你不是太懶，不管有錢人家或是窮苦人家，沒有不餵幾條豬的。從前的豬吃蕃薯藤加米糠、飯湯，如果不算工錢可以說是全賺的，而人工又是利用早晚和午休時間，不礙正事。莊尾友得伯母每次都要跟頭家談到她的運氣好。

「我就靠兩條母豬，供給我兩個兒子讀大學。」她的精神充滿驕傲：「眞是奇怪，每次在註册前便有一批小豬仔可以賣，先後十幾年，不然，這一點田地，那得有這麼大筆的現金給他們註册呢！」

友得伯母兩個孩子都是師範大學畢業的，兒子媳婦全都在中學教書，她家新樓房蓋得十分氣派，可是她顧不得子女反對，一直仍養了兩條母豬，每次也都是頭家載著我來。不過，友得伯母現在雖然有錢，卻小器得要命，從來捨不得給我一個雞蛋或半升飼料，她所養的又總是矮小的本地種母豬，我最不喜愛。而且，完工太早她還要鬧半天跟頭家爭論個不休，非要他再補一次，若人人像她，我可慘了。

當然，像友得伯母那樣養豬的時代已經過去。從飼養餵料改爲合成飼料後，成本大大增高，究竟有多少賺頭呢？有一次我聽到頭家與鄰莊老農談過。

「扣掉豬仔本錢和飼料醫藥，每隻賺五百元便很好了。辛苦餵養四五個月長大，每個月工錢只有一百塊錢。」

從前餵養蕃薯藤時，每戶人家養個三、四隻很平常，改餵合成飼料後，要想有工錢只有多養多餵，要多餵養就只有再添蓋豬欄做大投資了。於是家家戶戶幾乎全都有了一、兩間新起的紅磚豬欄，他們不嫌錢賺得少，只要勞力可以換取金錢，不管如何的微不足道，他們都認爲値得，想想這些人們，也太傻了。

我輩子孫昌盛，固然是我輩運氣，爲整個農村帶來歡樂與希望更是我們的驕傲。豬仔生下來不滿一個月就有買主搶著購買，母豬的口數明顯的日日在增加，頭家最是神采飛揚了。於是藍瑞斯、巴布谷、杜洛克，幾種大家喜愛的品類，頭家都不惜重金進口，四鄰八莊可以說是沒有不知道頭家大名的。「第一強」的招牌豈是隨便掛得的？包管胎胎十二，隻隻順利。頭家號稱品種比改良場還要齊全，眞的，連厚皮大耳、笨拙醜陋的本地種公豬都可以隨時爲客戶提供服務。

那時可說是我們事業的黃金時代，我可也做過好漢了，一天出勤四次根本不算一回事，頭家更是從早到晚馬不停蹄。想想這些光輝的日子，我常自豪一生不爲虛度，得意起來連肚子也會忘掉飢餓呢！

好景突然結束，事前連一點預兆都沒有。我渾渾噩噩的只覺得好像淸閒許多，直到鮮雞蛋供給斷絕之後才發覺事態嚴重。爲什麼忽然之間所有的母豬不再「走生」了呢？原來是小豬仔賣不出去，主人家不想讓母豬再生育。這對頭家和我而言，眞是大災禍啊！看來，我們的事業即將結束，再也無法挽救了。那天，頭家載著我從一個偏僻的山區回來，在莊口碰到阿文哥，以前的一位重要客戶。頭家停下來跟他聊天，兩個人都憂思百結，如喪考妣。

「很難再做下去了。連飼料錢都賺不回來。」頭家說：「你還有多少母豬呢？」

阿文哥專養母豬，很風光了一陣子，我們原來每個月都要到他那兒去一、兩次，他在鄉公所做事，家裏還耕田養豬，是很有見識的人，頭家一向跟他很談得來。他戴了頂舊鴨嘴帽，渾身泥漿，大概耙田剛回來。

「沒辦法，我出光了，目前一隻都不剩。」他苦笑著說：「我還算脫手得快的呢！莊背劉喜志哥你知道吧！差一點被大豬咬死了。」

「啊──？沒有餵飽牠嗎？」頭家驚訝得大叫。

「嘻嘻，不是啦！是差一點破產了。」

「唉！你看，沒有一點轉機嗎？」頭家問：「落價也有漲價的時候呀！」

「外銷突然停掉了，老靠國內市場，目前所存的毛豬口數還可以供應一年。」阿文哥說：「差不多小養豬戶都出光了。你要堅持下去嗎？」

「我不相信每個家庭都肯放棄這個副業，不養豬他們還能做什麼呢？」頭家沉重的說：「我要是不把家產全都投資下去就好了！還可以縮脚。」

「情勢總會好轉的，以前不是也這樣起起落落嗎？政府也總會想出辦法輔助農民的，誰不知道這些戴笠帽的沒有一點競爭能力，不保護他們行嗎？」阿文哥安慰頭家。這話也令我大感安心，不景氣總會有過去的時候，我輩子孫豈能滅絕，人類總得餵養我們的，但願頭家堅持下去，只要前途有望，一天吃兩餐也可以忍受。

「豬價總要再回升的。」頭家肯定的說。

豬價在低盪了一年多以後，突然又高揚起來，外銷又稍稍打開了市場。這對頭家和我應該都是好機會，但是想不到，情勢跟以前完全不同了。

「貧窮莫斷豬，富貴莫斷書」，這是從前常常由一些老農口中聽到的諺語。無非就在鼓勵窮苦的農人，不要懶惰，養豬可以致富。可惜這種理論再也無法說服小農戶們，上次的經驗帶給了他們太多的痛苦，越辛苦越養得多的人虧得越慘，他們可再也不肯魯莽冒險了。想想也是啊，養得滿欄肥豬，賣又賣不出去，宰也不能宰，誰敢動刀便是犯法，於是低聲下氣求豬販子來購買，怎麼能避免被奸商痛宰呢？

「幹他娘，賣一次豬就好像被割一層肉。」有一次我聽到一個客戶與頭家談天的時候忿忿的罵著：「我們還不夠瘦嗎？」

貧窮人家不再養豬了，現在養豬的完全是有錢人家，他們把養豬當作事業，他們有足夠的資本可以渡過低價時的危機，他們直接進口飼料原料，他們直接出口外銷。豬販子拿他們沒有辦法，甚至他們聯合起來可以控制整個市場，養豬到了這種地步，眞可以抬頭挺胸了。業餘的農戶憑什麼去爭享這一杯羹呢？

頭家「第一強」的招牌不意也砸在這種情勢下，眞是異數。小養豬戶不再養豬，大養豬戶又不需要我們，他們各自有自己的種豬，頭家要不關門看也不行了。所幸一些中小型養豬場，在自己的種豬不敷用時，仍然不忘我們「第一強」。加上鄉下人慣吃黑豬肉，很多人專門養黑豬供應本地市場，而黑豬又是大養豬場所不願意飼養的，這仍然歸屬一些撿拾剩餘利益的小農戶來作副業，雖然盈餘不多，好在他們也易於滿足。於是我們的事業繼續又拖了一年，只是成員大減，而且對頭家來說，這行業也由正業轉成了副業。

盤克夏老兄在本地區的生命舞台間是永遠退開了。自日據時代他的族類被引進之後，他與本地桃園種和美濃種母豬所生雜交第一代號稱改良豬，在這片土地上縱橫半個世紀，在我族的約克夏到來之前，提供本地區大部分肉類。此後，在我族約克夏與藍瑞斯母豬所雜交第一代LY競爭下，盤克夏不得不引退。現在，漢布夏，大約克夏又要取代我族生存的空間了。甚至連大肚紅毛的杜洛克老兄也來擠軋。目前農村所零星飼養的黑豬，便是杜洛克老兄與本地種母豬合作所生結晶，也都滿足了農村的需要。想想我族子孫在本地區繁衍的盛況，悲哀中不免又感到驕傲自豪。雖然最後難免挨受屠殺之苦，但生命能得延續不是仍很值得嗎？

頭家為什麼還養著我，與其說我還有什麼利用價值，我想毋寧是基於感情的因素。我在頭家事業開始發達時與他合作，好長一段相處的日子，也為他賺進了不少鈔票。不過，這種關係也已經如黃昏太陽一樣，飼料聽說又要漲價了。

外銷市場打開，冷凍豬肉出口，是不是對頭家有起死回生的作用呢？我不敢想像。頭家娘這幾天給我的飼料特別多，是不是希望我多長幾斤肉？頭家看著我搖頭，那眼神代表了什麼意思？算了，想多了心亂，做為一隻公豬，我想這一生也交代得過去了。還是聽聽里長伯家的電視愉快。是誰在鬼哭神嚎的拉長了嗓子唱歌？是蔣廣照還是柳聞症?似乎還是張麗明的聲音甜美!這個女人爲什麼還不出來?

——原載一九八二年四月《文學界》第二集

走過創作旅程的第二站

——試論鍾鐵民的小說

呂昱

一、父志子承只此心

大概很少人會承認文學血質具有先天的遺傳性。因此，假使我們在鍾鐵民的小說裏，竟也感受到有如鍾理和先生筆下的謙遜，冷靜與堅毅的特質時，我寧可相信那是來自於父子至情的親愛所得者。就文學言，鍾鐵民能享此父蔭實屬得天獨厚吧！

鍾鐵民在《鍾理和先生年譜》的後記裏曾寫道：

「先父理和公去世時，我才高中二年級。我爲他整理遺稿，這些作品絕大多數我都背著先父偷偷讀過，並深深受著感動。可是這些稿件他絕大多數一再遭到退稿，這是我一直很不服氣的。我想著先父要我把這些文稿手卷全部焚燒的遺命，一邊流著眼淚一邊暗自發誓：有一天我能力夠了，一定要爲先父那種堅持文學的立場，默默的投稿，默默地掙扎的不幸際遇立下傳記，要讓他的努力成果得到應得的報償。……」

理和先生傳奇性的身世和貧病交織的創作生命，不僅是爲我們註解了那個時代的屈辱和苦難；他那文學心靈的超越與昇華，主動承當文學筆耕工作的勇氣，以及鞠躬盡瘁的毅力，使他的名字深深嵌印在台灣文學史頁上，他的身影也隨著時日的加長而成爲台灣文學的一尊巨神。

就傳世的《鍾理和全集》以觀，理和先生確是爲我們保存了戰後農村的眞貌。但是，如果我們竟因此而僅以「農民文學」來範疇其全部遺作，或率爾冠以「農民作家」的稱呼，我以爲是見樹不見林的說法。

理和先生的創作取材，固是飽受戰火摧殘的台灣農村，然而面對破落的、凄涼的劫難景象，理和先生所表現的，既不是忿恨的悲鳴，也不是狂吼的嘶喊。相反的，他繞過了激烈情緒的直接反射，讓自己淌血的心靈緊貼住故鄉泥土上，向土地強固的生存根源、向異族蹂躪之後的性格傷痕、向歷經悲苦的血淚殘跡，以一份文學工作者自持的靈敏與克制，小心的挖掘，耐性地描摹，沈著地補綴。特別是完成了〈故鄉〉以後的晚期作品，理和先生實已叩開了文學的大殿門。

即以〈笠山農場〉而論吧！理和先生呈現給我們的，表面看去，似乎只是農民現實生活的原貌，在那物質匱乏的日子裏猶然無怨無尤地勤奮工作，而辛勞工作中也不忘山歌對駁的自然樂趣。但是，我們若肯攀登到笠山山巔上，鳥瞰山野鄉民和土地相生相養的一份獨特感情，並體悟出他們苦不堪言的操勞外象所揮霍不盡的艱難與瀟灑天性，庶幾能觸探理和先生所寓藏的大地生機底奧秘。

苦並不可怕，刼難也可以在積極承當之後化解於無形。可是做爲一個人就應該活得像個人。理和先生的創作理念便是繚繞「人性尊嚴」這主題意識而加以闡釋剖陳的。忍熬過炮火與人禍的大地子民們，只要生命還存在著一絲尊嚴的價值感，縱然已窮得一無所有，也還是可以苟延殘喘地賴活下去的。

依循這個創作認知，理和先生所記所敍者，正是農民的生活層面，以之揭露大地子民的苦難本質，再從農民所執著的生命價值觀進而探討人性深邃的善惡與苦樂出處。也因爲有題爲〈故鄉〉的四篇作品爲憑，使我們敢說，理和先生圓熟的創作心靈已登入偉大創作的堂奧。無奈病魔忌才，先是肆意摧折其軀體，再奪其生命於正臻創作極境之際！

我們都因天不假年而爲理和先生的早逝扼腕歎息。所幸，希望並不因理和先生的歸天而殞滅，身爲長子的鍾鐵民繼之挑起這沈重的擔子。秉承理和先生的創作意念，鍾鐵民仍然以筆當鋤，沿襲其父對苦難的理性態度，繼續挖取大地生機富藏的「根」源。從廿歲發表的〈蒔田〉看，我們都有理由爲這炷文學香火的延燒而感到狂喜。理和先生的創作英炙品因此得以永不斷絕。

二、童年淒苦生涯的追記

鍾鐵民的創作年表顯示，他二十歲到三十歲的十年間，曾發表六十餘篇作品。對一位非職業性的年輕作家來說，這成績是豐碩的。此正可以肯定他對文學的誠摯和勤勉。

鍾鐵民紹承的既是父傳的創作理念，其出發的軌轍及其小說世界之投影於視野所及的鄉間風土人物，毋寧是極自然之事的。易言之，他從自身起跑，將自己成長的山村做爲創作的活水源頭，細細地勾勒周遭每一張木訥、痴呆、臘黃，卻又不失寬厚、淳樸、與堅強的臉龐。在童年淒苦的生涯追憶裏，攝出生命原鄉的精神風貌。而他個人成長過程的艱困經驗，又蘊藏著人世煉獄的各色圖案，恰足以助其捕捉人生蒼茫的不幸與愁苦之答案。藉著一宗接一宗的故事敍述，展現出生命掙扎中的悲壯與落寞。

像「阿憨伯」，他「自幼就有一股傻氣，一股狂氣」。其實他的憨，他的狂，完全無損於生命的莊嚴性。他活得實實在在，一點也不含糊苟且。

「名副其實，阿憨伯他粗野，他愚蠢，但無可否認，在生活的另一面他卻是極其嚴肅，

極其認眞的。大淸早起來，挑著一擔畚箕到村子四周撿牛屎，必得要撿滿兩畚箕的牛屎才回去吃午飯，不管颱風或下雨。」〈阿憨伯〉

樂天知命的生存哲學所意含的，豈非是面對苦難，承擔苦難的那份勇氣麼？在芸芸眾生中，阿憨伯根本是無足輕重的角色，可是他的生命態度卻自有一份叫人親切的感覺。這親切何來？是否就是今天流行的「鄉土」味呢？還是因爲樂其所生，逆來順受的一種灑脫感呢？

又如在〈枷鎖〉裏，那位一度幾乎成爲「我」嫂嫂的阿蕙，雖然她迫於現實不得不嫁給半痴的阿丁，而多年的婚姻生活顯然並未使她感到痛苦！作者給我們的畫面特寫是：

「她興趣盎然地說著她那呆丈夫的許多有趣好笑的言談和動作。神情眞像極了母親在炫耀自己頑皮的兒子。她沒有嫌惡他，她提到他的時候，帶著些疼愛和得意的神氣。他是幸福的，非常的幸福！至於她，我該怎麼說呢？她過得快樂、適意。那麼，她也是幸福的吧！生活的目的是什麼呢？人人都在求安適，如果生活確實僅僅地要求這些，那麼她不是已獲得一切嗎？」〈枷鎖〉

在作者而言，阿蕙的幸福來自於「她知足，她安命」。而那個差點兒娶了阿蕙的哥哥呢？「有兩個逗人疼惜的小寶貝，有鄰里稱賢的嬌妻」，可是這個哥哥卻生活得不快樂、不如意。作者如此說：「因爲他跟我們大家一樣不滿足。她愛嫂嫂，不忍違拂她，但是他又懷戀阿蕙，希望得到他夢想中王子的生活，感情跟願望的衝突使他痛苦，這就是人性的枷鎖吧！」

這般露骨的角色對比，無非是爲了凸示作者個人的生命觀。那麼對作者來說，苦難的實質乃是人心的不足，得隴而望蜀，才會使人生而不樂吧！

再看〈竹叢下的人家〉。那阿乾叔，我們可以說簡直就是理和先生〈故鄉〉裏的阿煌叔之再塑。這阿乾叔「原是個篤實認眞的工人，帶著工作班子到處包攬工作。」千不該萬不該，他偏去領悟了生活殘酷的猙獰面目。「做了整輩子的零工，做不春光。」阿乾叔是這樣抱怨的。

是了，受苦的意義是什麼？辛勞一生爲的又是什麼？若只准你去受，焉容你回頭去想、去看、去問！否則你的心會不由分說地被割除了。衷莫大於心死。在苦難恣意逞能撒野於人間的年代裏，人類除了努力設法活下去之外，還能找到其他自救之道嗎？奢談人性的覺醒，或不識趣地想去追究生存的價值，都只會換來深重的悲哀，甚而反被苦難所吞噬了！薛西佛斯一旦拒絕推動巨石，他就躲不過被巨石滾落所壓碎的厄運。具備理性認知能力的人可以參透行動意志拒絕上帝的命令而選擇了荒謬，繼續推動巨石上山。可是對於顢頇直率的鄉野村夫，推動巨石的意義大不過是爲了長活下去而已！否則，消極的抵制或不滿的逃避，便只好坐而待斃了！他們其實並無太多選擇的機會吧！當然，大人們可以因爲生慾幻滅而乾脆躺下來等死，但是無辜的孩子怎麼辦？鍾鐵民在意的應該是這個答案了。

「阿財古比我大一歲，又里又傻，個子矮矮的像個山猴子。阿菊大我三歲，卻又比阿財古更矮更難看，但她精伶古怪，我不討厭她。他們永遠都在弄東西吃。田裏偷得到的，山裏找得到的，河裏捉得到的，全都弄進肚子裏去，從動的兔子到魚蝦，不動的蕃薯包黍藤葉和木棉花嫩棉房。跟他們在一起眞有說不盡的新奇。他們有時生吃，有時用烤用煮。」〈竹叢下的人家〉

這對姊弟，沒了父母的照料與管教，已是十足的野孩子，而阿菊和阿財古依然能自在地覓食於山野中。這景象不免使我們聯想起〈笠山農場〉裏的山精饒新善說過的：「笠山什麼沒有？」富足的大地可以養育無盡的蒼生殆無疑義，但是，人竟因求生而流落到

「永遠都在弄東西吃」的窘境，連最起碼的喪親之痛的倫理意識都沒有了，那還談什麼人性呢？這樣的窮苦難道還不該被咒詛被譴責嗎？

窮苦是人類罪惡的根據地。〈朽木〉裏的阿猴仔，〈阿祺的半日〉裏的阿魯仔之所以會偷、會騙、會愚弄人，不正是窮苦的折磨所逼成的麼？天地不仁以萬物爲芻狗，做爲受苦的人，是甘爲芻狗好呢？抑或反求諸己認眞孕蓄心靈的希望火苗，積極向逼取而來的苦難挑戰好呢？

〈山路〉裏，一對初中生之所以冒著生命危險，翻山越嶺，橫爬斷橋，爲的就是趕去參加師範學校的入學考試。投考升學對他們乃是「一線生機，抓住它，就好同抓住生命一樣重要，值得不顧一切去冒險」。這「就是求生」，而謀求生存的意義卻「不是外人所能體會得到的。」

在那篇書信體的〈風雨夜〉，鍾鐵民亦寫道：

> 「爲什麼命歹？你曾經問我。這點我沒法回答你，我自己就時時好此自問。……過去的不再去想它，破碎的也任由它去破碎。我所希望的是早爲我們的家庭打出一條新路來。」〈風雨夜〉

既然天地不仁，人們本當自求多福。無奈，人類本性的貪婪、愚昧與執拗，卻有意無意地加緊自我的箝制，同類相煎更成爲苦難殘虐於人的主要幫兇。

〈鎮道〉裏的年輕婦人離婚再嫁爲的是追求平靜安定的生活。「她跟著他開山種作，他疼惜她」，可是她卻被鎮上的人所鄙視排擠，婦人何辜？〈送〉裏被婆婆逐出家門的愛妹茹苦含辛地經營農場，大女兒春蘭才十四歲就得跟著做工，甚至磋跎了青春。是她們理該受此苦楚？抑是傳統禮吃了人？且不管緣由爲何，這些苦命人終究都堅強地活下來了。他們只能忍，只能挨，他們悲而不怒，他們哀而不怨，因爲他們不知道要怨誰，也不知道要對誰去發怒！

不過身分一旦轉回到知識分子的立場，不怒不怨才是不可能的。〈風雨夜〉裏的「我」，既是一位中學教員，當然要擺出批判世情的態度。他直接譴斥了放火燒山的愚行：「想想人類有時眞的愚蠢到可憐可恨的地步。」人們點燃山火是因爲他們失去了自主的能力轉而信賴天譴的神話。其實山火燒掉的不只是青葱翠綠的山脈，更應該是人類所能依靠大地以生的全部希望吧！

而〈送行的人〉，鍾鐵民藉著扛屍人的語態詛咒道：「對她們這些當子女的，老新丁確是個惡魔。眞的，我很難相信他還有一點人性，這個不近人情的老東西。……老鬼愛賭，村子裏許多人暗叫他救濟院長，他死握著所有的收入，高高興興拿去救濟賭博的人，對自己的子媳，偏偏就那麼刻薄。連生了病，想向他要一點錢都得先挨半天罵，從來不買菜，卻要她們像牛馬一樣做著。……」（送行的人）

孩子病了，捨不得掏錢給孩子就醫治病，狠心讓做母親的阿桂眼巴巴地看著自己的骨肉橫死，則阿桂的話已全無尊嚴可言了，她對人間還依戀什麼？好，阿桂喝農藥自殺了，那麼惡人有現世報嗎？「惡人經常比好人過得更舒服」，不是嗎？何以致此？當警察前來探案時，誰說出眞情了，那扛屍人儘管知道眞象也實在無勇氣出面告發的。大不了也只能在將阿桂送上墳場時獨自在心底吶喊：「不要怪我，阿桂，我良心大概死絕了。我恨死了我自己，恨所有可恨的事物，更恨那眞正殺妳的老東西，而我卻替他掩飾，像大家做的一樣。」反諷的筆意怒斥了人類的自私、愚蠢，可也只是無能爲力啊！

是因爲太年輕的關係吧！作者縱然已從理和先生的文學氣質裏浸潤了敦厚與悲憫的從容謙讓，然而心靈的傷口仍止不住熱血沸騰的撞擊，憤與怨的鬱積仍禁不住地透過筆尖流露出來。這一切使我們體認了鍾鐵民身世裏所佈滿的荆棘烙痕。那夢魘般的血淚辛酸亦可承接理和先生的一系脈流了。

三、「雨前」和「雨後」

童年生涯是作家依賴創作的豐富資源。不過在大量深掘採擷之後，難保不會枯竭時盡。何況時代的腳步在不斷地推移，六〇年代的台灣社會已正緩緩變遷著。二十年來的休養生息，農村經濟再不是五〇年代的戰後殘破與貧乏所可比擬。而且政策上的推波助瀾，台灣正全面性地朝向工商發展的方向前進。即令是最具傳統勢力的農村社會，亦因工業文明的一再滲入而鬆動起來。做爲一個作家，憑其多感敏銳的靈視，對於時空變動的肌理脈紋所能感受的心靈重負，必然地較常人來得深刻強烈。〈風雨夜〉在文字上直接剖解的喟歎可視爲鍾鐵民這時段理念抉擇的充分表白。而〈黃昏〉裏的友福，在遭遇手足之情的侮弄挫折之後，不惜花「大錢」買回一只打火機，那〈打火機〉不正寓寫著新文明之入侵麼？〈霧幕〉裏的阿冬，〈夜歸人〉裏的入贅丈夫都成了逃離農庄田舍的畸零人，作者所要傳敍的，無不是農村人口轉移爲工廠人的過渡現象。

年齡的增長自然要加寬作家個人的文學視界，知性批判的意識亦必相對地提高，生命觀則因人生體驗的累積而日趨成熟。事實上，貧苦表象的解脫，將會迫令作家揚棄生命存活的掙扎外貌，其關心的主題也就不會再專注於生命尊嚴的維護上了。畢竟，吃蕃薯簽的日子已遠去，童年的淚痕已風乾，像〈老友〉裏寧死不肯花錢醫病的阿元伯終是難逃汨沒於時代潮流的命運。鍾鐵民至此，已走完創作旅程的第一站。此前的作品雖然刻劃了山村鄉野的諸多樣相，其實也是零碎細瑣的描畫，或者說其大部分作品都只觸及生命層面的危機情境。若是要求其筆尖再深入到人生極境裏，去找到內在敏感性的緊張關係，作家的文學心靈就必須無所寬假地面對蛻變的考驗。一個深具潛力的作家，一個植根於自己鄉土大地的文學工作者，絕不該規避自我挑戰的責任。一九七〇年以後的鍾鐵民之所以作品量急遽銳減，也是很可理解的了。

一九七二年，《雨後》一書的完成，使我們有證據相信，鍾鐵民超越過去的努力已得到肯定的成績。也就是說，他爲自己證明了不單是只能寫寫故事而已！他更能將自己對當代社會的觀察和感受化爲哲學理念的思辨，經由純熟的小說技巧和型式，冷靜地剖解自己所欲探討的「文化主題」。

在《雨後》，鍾鐵民選擇祁家做爲「雙元性過渡社會」的農村抽樣。作者正確掌握了七〇年代初期，農村社會變貌過程中所無法避免的價值摩擦。而且作者也藉助於小說人物的自我約束，以及其對生存本體的思考與醒悟，在勇敢地擔當現實苦鬥的角色後，終能掙脫人類無知的鎖鍊，擊敗囚困人類於苦難囹圄的惡神。在鄉土信念的新詮釋中，在不背離親情倫理之愛的情境下，爲大地子民追求幸福的未來諭示了樂觀的訊息。

做爲小說中心的祁家，曾經是村裏的大地主，擁有全村十分之一的土地。耕者有其田的政策實施，使他們只剩餘一份自耕的一甲多地。祁双發謹守祖業，愛山村、愛田園。可是跟他棄農從商的大哥和步入政壇的弟弟相比，他反倒是顯得潦倒不濟了。老了的祁双發，田地有二兒子祁天星接手，家務事全由老妻何五妹做主，在現世裏，他已被擊敗。

但「他從不怨自己的命運，也從來不羨慕兄弟的成功」，反倒是樂得「閒來帶著狗兒到處走，隨著獵伴們一山翻過一山，打那種沒有收獲的獵」。在人群中，祁双發是個輸家。他雖然無奈，卻無忿怒之慨，他認了。他轉而到山林裏去尋找競爭的對手。黑公猴的出現更引發他求勝的心。他確信和黑公猴的競賽自己會贏，因爲「我是人，你是猴子」。正因此，當他一再落敗，那追捕的心便愈加地強烈，甚且「已經到了咬牙切齒的地步」。在這場人猴追逐的遊戲中，祁双發堅持公平決鬥的規則而拒絕使用獵鎗，更見出作者所意賦予的道德實踐之嚴肅性。

祁天星，祁家的主幹，成長於戰後，服役時留心著台灣農村的現代化，退役返鄉有心改變家裏傳統性自給自足的經營方式。作者透過祁天星的心思觀點寫道：

「舊式那種謀生方式已經不行，田地最多只能養活人，而他現在既已身爲農夫，就只有想法用土地來作資本，不但活得下去，還要活得比別人更好。」

祁天星不甘於充當一位平淡過日子的工人，他對田地耕作有他自己的看法。當他投身於發展自己的抱負時，才發覺到「眞要改變起來，實在也眞不容易！先是母親守舊謹愼，再就是天災蟲害」。一陣颱風，他的香蕉園就幾乎被吹倒半園子。

小說中對於農村的生活景觀，鍾鐵民有詳盡的描繪。像鐵牛的取代耕牛承包犂田耙田的工作；養猪的副業逐步轉為主業投資型態；汗流夾背的割禾比賽中男女間開朗明亮的談笑聲；山村相親的習俗和中元打醮祈福的祭典等紀實，都顯示了作者文字質樸流利的駕馭能力。而且上下兩代經營農場的觀念出入也不斷出現在對話中。不過，農業生產方式的新舊衝突並非作者眞正苦心著墨的重心。風吹倒了香蕉樹可以再補上去，蟲害可以噴灑農藥；何五妹儘管對兒子任何計劃都不相信，但是她仍願「盡力去合作，給兒子方便。不管心裏痛快不痛快。」

熟讀〈雨後〉，我以為鍾鐵民所刻意探討的問題，當在天星和雲英的一段戀情，以及因這段戀情所伴隨而生的心理危機和倫理價値之反省。是屬於精神層次上的指陳與針砭。套句時髦話，也就是軟體程式的素材之沈思。更可以說，有了〈雨後〉這樣完整統合的透視與批判，鍾鐵民的文學意念才能邁入新生的階段。

對照著理和先生的最後遺作〈雨〉來比較，雲英和天星的處境極類似雲英和火生的一段悲情；一樣的青梅竹馬，一樣的海誓山盟，一樣的由於双方家長失和而被棒打鴛鴦。所不同的，是〈雨〉裏的雲英飲耽殉情，而〈雨後〉的雲英遵從父母之命乖乖嫁給陳家佑。在我而言，這絕不會是偶然的巧合。更眞確的說，〈雨後〉是存心對〈雨〉裏的那段悲情翻案。就從篇名標示的主題來追究，〈雨〉的背景是個苦難高張的時代。除了乾旱天災之外，人性之惡所眷養的鬼魅魍魎正四出爲虐。人性之善不斷被蠶食啃蝕，連生命尊嚴都難守護了，又何來反擊的力量呢？死也許是自我維護的最後防線了。當雨傾盆落下時，雲英的死也因而昇華爲悲劇行爲。那麼，人類一定要以死表明心跡才能贏來天庭神祇傲然的矜憫嗎？對鍾鐵民，這答案顯明是否定的。理和先生拿自己的鮮血充當乳汁哺唷蒼白的台灣文學之嬰；以自己的骨灰沃育台灣文學之根，以自己的膏脂燃亮台灣文學之火，對鍾鐵民，對後輩的我們，都是件太過於殘酷太難於接受的事實。而今，如果我們已從前輩的身教與作品中學習到謙卑的隱忍與寬恕，我們是不是應該更進一步去思索人性的覺醒呢？或者說，我們應該從知識累積而成的智慧中去重新認識現實條件，進而證實幸福的追求才是人類善良的本義，也才是人類對抗惡神兇暴的最佳態度。所以〈雨〉裏的人們面對旱災只能躺著望天，〈雨後〉的人們卻是對風災的積極防護。

因此，〈雨後〉的雲英乃有了相異的命運了。她不由己意地嫁給陳家佑，家佑待她恩愛有加，這婚姻是輕鬆幸福的，雲英沒什麼可抱怨之處。可是才兩年家佑便撞車身亡。雲英帶著兩個孩子照顧近一甲的水田，生活擔子沈重地壓在她身上，她也挑起來了。「幾年苦難的日子更磨鍊出她一種堅毅莊重的性格，柔美中給人感到一種高貴的氣質。」這是對認眞生活過的人的文字禮讚，也是鍾鐵民自現實壓力下脫困的意識宣告。在祁天星重燃起她生命火花後，「她對生活又恢復了情趣。」

雲英，拖著一男一女的年輕寡婦，對現實生活能存有什麼奢望呢？她所求的不過是「祁天星偶而過來幫這幫那，讓她知道自己並不完全是孤獨的，有一個人可以讓她撒撒嬌，訴訴心中的苦悶，這樣她就滿足了。」然而，在傳統禮教根深盤據的農村，貞節牌坊還高懸在多數人的意識深層裏，雲英敢放肆爲之嗎？她的娘家和兩位老姑婆，以及村人側目的閒語，都可以是顧忌的因素，但眞正的桎梏其實是雲英靈魂上的自疚吧。

「我究竟是怎麼樣的一個女人？雲英自問著：先愛一個，嫁了另一個以後忘了第一個，現在，第二個失去了，又回頭來死死的依戀著第一個，這不是可恨的下賤嗎？那又算什麼愛呢？

以後應該盡量疏遠天星，盡量把他忘記。孤獨的人就應該回到孤獨的殼裏面去。這不是怕兩個姑婆陳鳳珠和陳玉珠，也不是怕母親和娘家人的責罵，爲的是這個小小的家庭，爲了祁天星，也爲了牆壁上的丈夫家佑。

生活是艱苦的，咬緊牙關吧！」

同等的心理困窘，世俗道德律所加諸於祁天星的迷惘與徬徨，並不亞於雲英的自我煎熬。

「不是親人，不是妻子，父親說得眞重，有什麼資格去照顧人家？這個社會畢竟還沒有開化到像電影裏所看到的那麼自由。就是自己都不能放得曠達，又怎麼能要求別人？口裏說著不怕任何人，要爭取應有的權利，大家都是成年人自由人，不能受任何人影響。爲什麼又顧慮這顧慮那的，不敢去看看她們母子呢？不想去？不，恨不能天天跟她們在一起。爲她們留地步？恐怕自己害羞慚愧的成分更多一點吧！……

那麼你究竟將雲英看作怎麼樣的一個女人了？自己未來的妻子嗎？一個對你百依百順的無告的俘虜？或是一個你隨心所欲而又不必負任何責任的情婦？你是愛她疼她想爲她犧牲？或是爲了滿足自己的慾望？抑是爲了報復被拋棄的怨恨而玩弄人家的感情？」

類似這樣反覆掙扎和矛盾交雜的心理刻劃，分置在小說各場景間，乃形成了主體情節的發展紋脈。天星和雲英從小自然孕生的高貴情愛，在內外圍困的極端情境中，非但沒有萎縮枯謝，反因密度的膨脹而迸裂命運無情的枷鎖。就像祁双發捕捉的鱗狸，任你佈下天羅地網，牠偏就不走你埋伏的洞口而另外穿洞逃生。祁双發爲此感慨地說：「牠挖了一條新路就能逃生，大膽創新沒有什麼不對，改變的事物太多了。但是同樣，舊的又有什麼可以割捨不開的呢？」

婉諷的語法，其實已諭義了祁双發無奈的歎息。〈雨〉裏的黃進德不服輸，結果卻輸得連女兒都賠上了，是位徹底的失敗角色。〈雨後〉的祁双發在鍾鐵民筆下改寫成已看破世情，「不再思想凡塵俗世的世外老人。」作者甚至故意避開了天星和母親攤牌之後的主戲，將双元性觀念尖銳衝突的高潮，技巧地轉化為人猴之事的正面對峙。在我談來，實即作者精神超越的深刻寓意。那黑公猴掉入陷阱被鋼鉗制住，祁双發亦摔脫腳踝關節不免於難，落得個兩敗俱傷。作者寫道：

「祁双發覺得右腳陣陣抽痛，他點燃起另外半截香烟，將空烟盒扔向遠遠的山坡下。落日的光芒已經完全消失，紅日懸在遠遠平原的盡頭，巨大，通紅，美麗得令人心醉。他想著初見猴群時的情景，黑臉英武的率領著全族越過山藤，黑臉憤怒的阻止小猴冒險，黑臉為同伴摘取蜂房，黑臉識破他任何的陷阱。而惹得他冒火三丈，發誓要捕捉到手的，不就是這孤獨寂寞的傢伙嗎？忽然他覺得心神黯然起來。」

夕陽餘暉對比於孤寂的黑公猴，導發了祁双發更多的感傷與參悟。他日日夜夜所想要的，所欲追逐的到底是什麼？是殺掉這大公猴供為食用？抑或是賣了換錢？還是要證明自己尚未報廢？「這一輩子他從來就扮演著失敗的角色，沒有人看重他，連老妻都是如此，他一向是一個次要，甚至無關緊要的人物」，「現實生活中，他是一個次要的人，有什麼需要他動心去追求的，老妻替他想到了，天星替他想到了」。但，黑公猴不同，牠是猴群領袖，在同類中扮演著要角，結果還不是一樣地落了難？

「你跟我命運一樣。我是一個不重要的人，但是有人來援助我！祁双發說：你很偉大，你在族中是那樣的不可少，你的那一群爲什麼沒有一隻企圖營救你呢？是你趕走牠們，或是牠們棄你不顧而去？」

人間煩惱皆因強出頭，是非成敗轉頭空。紅日西沈，黑夜來臨之後，黑公猴的具體形象遂幻化爲人性幽闇的罪惡意識。而黑公猴的受困亦正象徵了人性靈明意識的昇高。最後，祁双發堅持要天星把黑公猴放了，因爲祁双發已在這場人猴追逐行動中有所征服，這征服的實際參與，就是對命運的最好答辯。沒有了黑公猴也一樣會有其他的動物做爲他的競爭對手。人類苦難的外象其實就根源於人類本性的放射。薛西佛斯所推動的巨石永遠會再滾落下來，人性之惡神隨時會再發動苦難對人世的侵擾。人類唯有從實際的行動參與中去認知生命過程的自然法則，並找出幸福之路。雲英和天星的奮鬥努力，以及祁双發對家庭責任的參悟，都在這裏得到高尚的，證言性的確認。

四、休息是爲了走遠路

以年齡論，鍾鐵民屬於戰後的新生代，其出現於文壇的時際正好和台灣的現代主義成長期成平行狀。可是由於他血液中貫注的農民性格，以及承自父親文學心靈感召的創作意念，使他具備了先天的免疫力，不致因文學市場的流行風而染患現代主義的熱病。鍾鐵民守住了寂寞、守住了貧苦、守住了自己的文學陣地，他的作品表面看似卑懦陰暗，骨幹實係以艱忍剛毅所架撐著的。

當〈雨後〉出版之後，鍾鐵民突然變得惜墨如金！除了〈靜海波濤〉（一九七三年發表於《台灣文藝》），他幾乎成了息筆狀態。是因爲台灣社會在七〇年代的變動太過急遽的緣故吧；農村變貌日益加速，新舊道德倫理的相互衝擊；價值與價格觀念的混淆、錯落、倒置；世代交替過程中所無可避忌的心理危機。在在都使人類突生文化失調的感傷與徬徨。對於馱負歷史包袱的作家，更可能爲自己所堅持的創作理念產生猶疑與迷惑的停滯。

鍾鐵民在〈李喬印象記〉裏卽說過：

「……我忽然想到了題材發掘的問題，我們經常尋找我們所知道的故事，甚至編造故事，然後運用匠心賦予新的意義，使陳舊的故事也有了深刻的嚴肅主題。我覺得這種寫法比較易於著力。另外則是作者先有了某種感觸、觀念，爲要表現主題，再編造必要的故事和情節。當然一個作家的故事有限，到最後所有故事寫完了，勢非走第二條路不可。但要表現主題而編寫故事不是易事。我們固然想拋棄老寫故事的方式，去探討人生許多重要問題，表達作者個人對社會、人類行爲的看法和主張，可是要生動感人絕不容易。我個人就深覺力不從心，不是忽然發現自己經營了許久的東西並沒有眞正的價值，便是突然發覺自己的看法全不新奇，甚至數千年前古人的言論中就早探討到了。這使我深感沮喪。」

從這段創作心態的陳述裏，我們彷彿看見了佇立高峯上的鍾鐵民正以自我期許的文學靈視，仰望另一座更高的山巓。

通常自傳性的材料，只要作者稍加深思整理便能輕鬆地組織成一篇感受型的小說。因爲處理的素材大抵都是自己所熟悉的經驗與現象，訴諸文學也就較能得心應手，而且在傳述時對生活的細瑣和感情的細膩都能顯示作者描摹的精確性。一個新手以此做爲自己創作的起步原是常情。可是如果永遠陷溺於討好的感受式的寫法，終不免才盡技窮，走上創作斷崖邊緣而呈虛脫之態。有責任的作家會鞭策自己求新求變，另尋一條山路，不畏艱苦地爬往另一座更青蒼、更便於瞭望人生的山巒。

一九七七年發表的〈河鯉〉證實了鍾鐵民數年沈潛的轉機。這篇討論農村子弟教育問題的作品在技法結構上都遠較過去的作品更爲利落嚴謹。作者借用河鯉與池鯉的強弱對比，以映襯出學生在僵化教育制度下所受到的職分。而陳老師一套齊備的釣具所隱喩的正是教師們用來牽引學生的校規與教條。「釣絲雖然很細，但是要想掙斷它，卻要有相當大的勇氣啊！」何止是勇氣，掙脫教學常軌所必須付出的代價還可能把這學生全毀了！當不甘於安守「學生」之道的于春程亮著眼睛說：「我要學習，學習那些有用的東西，廣博的知識、生活的技藝，甚至藝術和道德都好。……」使陳老師無詞以對了。師者，傳的是「升學」之道，授的是「聯考」之業，解的是「試題」之惑，這教育能不叫人憂心嗎？作者對教育現象的指摘，透過小說人物陳老師的自歎與自省，更加深了批判力氣，似此內容與型式的精心設計，乃是鍾鐵民早期作品中所不足的藝術成分。

一九七八年發表的〈秋意〉直指教育問題的核心，並擴大教育病癥的診斷幅面。升學主義的猖獗席捲台灣島已年深日久，農村自亦不可免。而造成升學主義無忌的迫害者，除了學校教育方針的錯誤以外，家長偏差的心理也難逃咎責的。在作者看，農村長期的衰疲不振，經濟收入的相形見拙，早已摧毀昔日庄稼人對土地生產價値的固定信仰。因此對子女的期望轉而寄託在讀書升學之途，所爲的就是要他們變更農人的身分。農人貶爲沒出息的「職業」，此盲目心理便相對助長教學人員的工作壓力，惡性循環的結果使學生成了無辜的犧牲者。鍾鐵民身任教職，於此教師與學生間的緊張關係尤其有著透闢的領會。藉著教育工作者自我嘲弄的筆法，作者展示出當今教育層面上的多重弊端。那種憂嘆之息，深深透露在敍述的文字間，益增我們心靈上的驚慌！

〈余忠雄的春天〉（一九七九）轉由學生的單一觀點，檢省升學主義及教育工作者不斷施予年輕學子的心理壓抑與挫折感。學校是幫助青年社會化的正常機構，教育目標揭示的是四育並重的口號。然而，我們在余忠雄的春天裏，完全呼吸不到德、智、體、群的氣息。余忠雄在學校裏所體認的乃是人格的扭曲，善良的屈辱，以及迷幻不可解的未來。余忠雄成了一具讀書機器，七情六慾俱在戒律之列。跑吧！專心地往前跑，競爭的社會是不容許你停下來多想的！作者的質疑與不平全抖了出來。

這三篇作品構成了鍾鐵民創作的重要系列。

基本上，鍾鐵民的新作並未背離他文學原鄉所出發的一貫大道。做爲再出發的此一系列，除了加寬文學視野之外，其創作理念中也注入了愈來愈濃的社會意識。這是不得不爾的選擇。走了十數年的創作之路，作家不可能對我們賴以生活的社會不存有一定的意見。這意見是一組或多組命題和價值所輳輻而成的文學社會觀。努力將這社會觀在自己的作品中技巧地宣洩表露，使小說不但只是人生的傳敍，更應該讓有心的讀者們找到意見的參考。

當然，小說中社會意識的升揚，作者必須經常以自我歛抑的性格和內在凝聚的心象做爲淑世熱情的調和與節制，讓作者所欲傳達的意見鹽溶於水，不落言詮地加以表現。否則形跡外露，小說世界失卻其可親性與可感性，藝術的效果也便大打折扣了。像〈田園之夏〉（一九七九）那樣地一路白描到底，就使人感到不耐了。

去年發表於《文學界》第二集的〈約克夏的黃昏〉使我們再看見鍾鐵民在主題與藝術之間同時盡力的例子。從約克夏種豬的引進、繁衍、以至於被新種所取代的過程中，我們也身歷了農村興替變遷的具體經驗。文字的精鍊凝縮加深了人物生動的印象。可謂是作者歷來最爲晶瑩剔透的上上之作。無論如何，作者自我要求的一份用心是絕對可信的。慢工未必就能出細活，嚴肅的態度卻是中年作家不該忽視的風範。

「槍在磨亮之後才能順手，馬鞍失去光澤之後更宜坐騎。」

「如果你的才氣已經用盡，你得學習如何應變，你不再年輕，而你必須表現出比年輕的時候更出色。」

這兩句海明威說過的話，很相近於「文窮而後工」的創作原理，也許用來說明鍾鐵民此刻的成就還算合宜吧！

一九八三、二、廿三

鍾鐵民小說評論引得

許素蘭　編

說明：

1. 本引得，依發表或出版日期之先後順序排列，以一九九一年十二月卅一日以前國內發表者爲限。
2. 若有遺漏或舛誤，容後補正。

篇名	作者	刊(書)名	卷期(出版者)	出版日期
1. 第三屆「台灣文學獎」選後感——關於鍾鐵民〈竹叢下的人家〉	林鍾隆	台灣文藝	一八	一九六八年一月
2. 第一屆「吳濁流文學獎」選後感——關於鍾鐵民〈清明〉	鍾肇政 鄭清文 李　喬	台灣文藝	二六	一九七〇年一月
3. 讀鍾鐵民《菸田》	兩　峯	台灣文藝	二六	一九七〇年一月

4.〈秋意〉簡介：融入現實的脈跳	彭瑞金	一九七八台灣小說選	文華	一九七九年五月
5.〈余忠雄的春天〉簡評	葉石濤 彭瑞金	白翎鷥之歌	民衆日報	一九七九年八月
6.〈秋意〉簡介：融入現實的脈跳	彭瑞金	泥土的香味	東大	一九八〇年四月
7.〈田園之夏〉簡介：最後一幕農村神話	彭瑞金	一九七九台灣小說選	文華	一九八〇年六月
8.日落農家——鍾鐵民〈約克夏的黃昏〉簡介	彭瑞金	台灣時報		一九八二年十二月十二日
9.日落農家——鍾鐵民〈約克夏的黃昏〉簡介	彭瑞金	一九八二台灣小說選	前衛	一九八三年二月
10.〈約克夏的黃昏〉附註	周寧	七十一年短篇小說選	爾雅	一九八三年二月
11.鍾鐵民作品討論會	鄭清文 李喬 彭瑞金	文學界	六	一九八三年四月
12.走過創作旅程的第二站——試論鍾鐵民的小說	呂昱	文學界	六	一九八三年四月

鍾鐵民生平寫作年表

鍾鐵民　編
方美芬　增補

一九四一年　1歲　元月十五日，出生於中國東北滿洲國奉天（瀋陽），為父母長子。
是年夏，隨父母遷居北平，住南昌街，戰後遷南池子胡同。

一九四六年　6歲　三月二十九日，由父親攜帶離開北平，經天津上海抵台灣基隆，初住高雄市叔叔處，隨後隨父親到屏東縣內埔中學任所，住宿舍。

一九四七年　7歲　三月，父親理和公肺疾病重辭職，離開內埔遷回高雄縣美濃鎮尖山，祖父所遺農場定居，住舊香蕉燻乾廠。
十月，父親入台北松山結核病療養院。與母親幼弟獨居山間。

一九四八年　8歲　春，學會客家話，忘記北京語。
九月，入廣興國民學校，到學校單程六公里，走曲崎山路，費時一個半鐘頭左右。

一九四九年　9歲　是年夏脊椎時時發痛，肩膀歪斜，九月開學後上學時斷時續，最後不得不休學療養。省立屏東醫院斷定為脊椎結核。

一九五〇年　10歲　是年春病情嚴重，脊椎無法支撐身體，行走時要以兩手撐腰下盤骨。住竹頭角外婆家療養。

一九五一年　11歲　十月，父親退院返家。亦隨之離開外婆家返尖山。
脊椎痛疼消除，恢復行走能力，但外形已變成駝背。

一九五四年　14歲　九月，復學，插讀廣興國民學校三年級，導師陳彩義先生。
有機會接觸《國語日報》、《小學生》雜誌、《學友》雜誌等刊物，對文學有濃厚興趣，除一些世界文學名著《小婦人》等外，並閱讀通俗小說《三盜梅花帳》等等。
是年代表學校參加演說比賽、朗讀比賽等。

一九五五年　15歲　七月，廣興國民學校第二名畢業。
九月，考取縣立美濃初級中學。初住外婆家半年。改由家中通學，單程十公里，唯一的交通工具是糖廠五分車，並要趕到六公里外的竹頭角去搭乘。

一九五八年　18歲　七月，美濃中學畢業，成績第二十三名，因爲初二起迷惑武俠小說《董海公與青萍劍》等，功課差。
八月，投考台北國立藝專美工科，落榜。投考旗山中學高級部亦因體格未錄取。
九月底，考取屏東縣內埔中學新設高級部。寄居屏東縣萬巒鄉，父親北平時好友李輝文先生家。

一九五九年　19歲　九月，轉學考試以第一名考取旗山中學高級部。寄住美濃小阿姨家，一個學期後改由家中以自行車通學。

一九六〇年　20歲　八月，脊椎引起痲痺，兩脚乏力，暑假病倒。
父親理和公病發去世。

一九六一年　21歲
九月，病情稍癒，改住大姨家，與表兄睡自行車修理店，騎單車通學。與父親文友林海音、鍾肇政、廖清秀、文心等通信。

七月，旗山中學高級部畢業。
八月，大專聯考丙組落榜。
完成第一篇短文〈蒔田〉，發表於十二月二十一日《中國晚報》「中國文藝」欄。同月完成第一篇小說〈四眼與我〉，發表於林海音女士所編《聯合報》副刊。
是年冬，痲痺症又發，脊椎痛，無法行走。

一九六二年　22歲
是年長年臥病，至秋後始漸痊癒，又得以站立行走。這期間所作計有〈人字石〉、〈小叔子〉、〈父與子〉、〈酒仙〉、〈山谷〉、〈夜獵〉、〈起誓〉、〈帳內人〉、〈新生〉、〈演講比賽〉、〈阿憨伯〉、〈老劉哥與老李哥〉、〈我要回家去〉等十四篇。

一九六三年　23歲
二月，至美濃黃騰光代書處，學習土地代書事務。
三月，因〈新生〉在「聯副」發表，結識錢恩佑女士，由錢女士先生姚紹煌先生安排，到台北工作，任基督教教會雜誌《中國信徒月刊》校對、寄發工作。寄居台北市光復路一段姚家。
九月，考取師大夜間部國文系及政治大學夜間部中文系。選讀師大，註冊未被接納，向教育部陳情。
十月，離開姚家，住金華街閣樓，同租共居有鍾和光、利英智等。
是年作品僅完成〈夜雨〉、〈紅色的雞冠花〉等兩篇。
沒有工作，沒有被接納註册。擬選讀一學期便返鄉下。

一九六四年　24歲　一月，得林銘治先生推介到同鄉前輩李添春教授家，負責白天看家並照顧中風的李夫人。生活問題暫時解決。住青田街李府。
三月，教育部公文核准，師大得註冊成爲正式學生。
是年作品計有：〈追太陽的一日〉、〈籬笆〉、〈雄牛與土蜂〉、〈夜路〉、〈土牆〉、〈敵與友〉、〈父親、我們〉、〈男人回頭〉、〈分家〉、〈夏日〉等十篇。
另有〈菸田〉、〈故事〉等兩中篇。
〈吉星高照〉電視劇本。
因〈籬笆〉投稿《徵信新聞報》副刊，結識當時副刊主編畢珍先生，許多作品便在他鼓勵下完成。

一九六五年　25歲　〈土牆〉得《台灣文藝》第一次徵文第一名獎。
五月四日，《聯合報》精選小說徵文，第一批錄選名單公布，〈紅色雞冠花〉入選，更名〈石罅中的小花〉。
寒假住龍潭鍾肇政先生南龍街宿舍，每日與鍾先生到龍潭國小一同寫作。
是年作品有：〈慘變〉、〈阿祺的半日〉、〈憨阿凊〉、〈種菇人家〉、〈捉山豬記〉、〈枷鎖〉、〈送行的人〉、〈點菜的日子〉、〈偷雞的阿平〉、〈山路〉等十篇。第一本小說集《石罅中的小花》由幼獅書店印行。
九月，脊椎發炎，疼痛毛病復發，雙腿開始痲痺。經過台大中心診所等外科診斷，以爲除開手術，無法復原。十月不得不休學返鄉，心灰意冷。

一九六六年　26歲　是年春，得高雄徐外科醫院徐富興先生安排，由廖潤生醫師開刀，在高雄醫學院接受手術治療。徹底清除脊椎結核病灶，經數月療養，終得痊癒。
是年作品有：〈鎮道〉、〈朽木〉、〈山道〉、〈墾荒者〉、〈風雨夜行〉、〈過程〉等六篇。
〈山路〉得《幼獅文藝》徵文第二名。
九月，復學。離開青田街李教授家，寄居羅斯福路二段姚紹煌先生公館。

一九六七年　27歲　是年作品有：〈門外豔陽〉、〈竹叢下的人家〉、〈劚狗泥〉、〈尋春〉、〈小店〉、〈夜〉、〈送〉等七篇。

一九六八年　28歲　九月，離開羅斯福路姚家，仍住青田街李教授家。
十一月，到純文學雜誌社任校對的工作。
是年作品：〈風雨夜〉、〈返鄉記〉、〈我的夥伴〉、〈夜獵〉、〈谷地〉、〈黃昏〉等六篇。

一九六九年　29歲　五月，短篇小說集《菸田》，中山文藝基金獎助出版。
七月，師大國文系畢業。
九月，離開台北返鄉，於省立旗美高中任國文教師。
是年作品有〈霧幕〉、〈烏蜂〉、〈清明〉等三篇。

一九七〇年　30歲　是年作品，只有〈夜歸人〉一篇。

一九七一年　31歲　作品〈老友〉。

一九七二年　32歲　應台灣省政府新聞處，寫作長篇《雨後》，十月出版。

一九七三年　33歲　作品〈靜海波濤〉。

一九七四年　34歲　是年春與郭明琴結婚。
一九七七年　37歲　評論〈我看鍾理和小說中的人物〉發表於《台灣文藝》第五四期。短篇小說〈河鯉〉得「吳濁流文學獎」佳作。
一九七八年　38歲　作品有〈祈福〉、〈秋意〉。
一九七九年　39歲　作品有〈余忠雄的春天〉、〈田園之夏〉。劇評〈《原鄉人》及其他〉
一九八〇年　40歲　八月四日，鍾理和紀念館破土興建。十月，短篇小說集《余忠雄的春天》出版。
一九八一年　41歲　作品〈洪流〉。
一九八二年　42歲　作品〈約克夏的黃昏〉、〈鄉愁〉。兒童文學〈月光山下的小鎮〉，中篇，由省教育廳出版。
一九八三年　43歲　作品〈大姨〉得「吳濁流文學獎」。散文有〈豬言豬語〉。
一九八四年　44歲　作品有小說：〈女人與甘蔗〉。報導文學〈美濃〉；評論〈魯冰花前的愛情〉。
一九八六年　46歲　散文〈斑鳩〉、〈山豬〉、〈牛〉、〈土狗與伯勞〉、〈母兮鞠我〉。
一九八七年　47歲　散文〈蝸牛〉、〈大蕃薯〉、〈青蛙〉。
一九八八年　48歲　散文〈白血病奮戰記〉、〈農業的輓歌〉。
一九八九年　49歲　七月，「財團法人鍾理和文教基金會」正式成立，擔任基金會董事，並負責鍾理和紀念館整理管理事宜。

一九九〇年　50歲　作品有：小說〈丁有傳的最後願望〉、散文有〈蛇〉、〈下馬喝水〉等。

七月，應美國「台灣文學研究會」邀請，與詩人曾貴海同赴美國參加台灣文學研討會，發表論文〈鍾理和作品中人性的尊嚴〉。應洛杉磯「台灣文化之夜」邀約演講〈客家文學與客家精神〉。

一九九一年　51歲　三月，出任高雄縣文化基金會董事。

作品有散文〈人與蜂〉、〈莫待老天賞水喝〉、〈八月禾蝦香〉、〈掛紙〉、〈發展客家新文化〉、〈強項〉、〈剃頭紀事〉等。

國家圖書館出版品預行編目資料

鍾鐵民集／鍾鐵民作, 林瑞明編, 初版,
台北市：前衛, 1993[民82]
296面：15×21公分. --(台灣作家全集,短篇小說卷,戰後第二代：11)

ISBN 978-957-8994-58-4(精裝)

857.63 83000086

台灣作家全集・短篇小說卷／戰後第二代⑪

《鍾鐵民集》

著　　者／鍾鐵民
編　　者／林瑞明
美術策劃／曾堯生

出版者
前衛出版社
總本舖：11261台北市關渡立功街79巷9號1樓
電話：02-28978119　傳真：02-28930462
郵政劃撥：05625551
E-mail：a4791@ms15.hinet.net
http：//www.avanguard.com.tw

出版總監／林文欽
法律顧問／南國春秋法律事務所・林峰正律師

總代理
紅螞蟻圖書有限公司
地址：台北市內湖舊宗路2段121巷28號4樓
電話：02-27953656　傳真：02-27954100

出版日期／1993年12月初版第一刷
2006年11月初版第五刷

Printed in Taiwan ISBN 978-957-8994-58-4

定價／250元（精裝）

3 名家的導讀

首冊有總召集人鍾肇政撰述總序，精扼鈎畫出台灣新文學發展的歷程、脈絡與精神；各集由編選人寫序導讀，簡要介紹作家生平及作品特色，提供讀者一把與作家心靈對話的鑰匙。

4 深度的賞析

每集正文之後，附有研析性質的作家論或作品論，及作家生平、寫作年表、評論引得，能提供詳細的參考。

5 精美的裝幀

全套50鉅冊，25開精裝加封套及書盒護框，美觀典雅。